OBJET DE TOUTES LES CONVOITISES

DU MÊME AUTEUR CHEZ BELFOND

Quelqu'un de bien, 2020
Si loin, si proches, 2019 ; Pocket, 2020
La Maison des Aravis, 2000, rééd. 2019
Gran Paradiso, 2018 ; Pocket 2019
Un été de canicule, 2003, rééd. 2018
Hors saison et autres nouvelles, 2018 ; Pocket, 2019
Le Choix des autres, 2017 ; Pocket, 2018
L'Homme de leur vie, 2001, rééd. 2017
Face à la mer, 2016 ; Pocket, 2018
Un mariage d'amour, 2002, rééd. 2016
Au nom du père, 2015 ; Pocket, 2017
La Camarguaise, 1996, rééd. 2015 ; Pocket, 2017
À feu et à sang, 2014 ; Pocket, 2016
La Promesse de l'océan, 2014 ; Pocket, 2015
Galop d'essai, collectif, 2014 ; Pocket, 2015
D'eau et de feu, 2013 ; Pocket, 2016
L'Héritier des Beaulieu, 1998, rééd. 2003, 2013 ; Pocket, 2016
BM Blues, 2012 (première édition, Denoël, 1993) ; Pocket, 2015
Serment d'automne, 2012 ; Pocket, 2013
Dans les pas d'Ariane, 2011 ; Pocket, 2013
Comme un frère, 1997, rééd. 2011 ; Pocket, 2014
Le Testament d'Ariane, 2011 ; Pocket, 2013
Un soupçon d'interdit, 2010 ; Pocket, 2015
D'espoir et de promesse, 2010 ; Pocket, 2012
Mano a mano, 2009 (première édition, Denoël, 1991) ; Pocket, 2011
Sans regrets, 2009 ; Pocket, 2011
Dans le silence de l'aube, 2008 ; Pocket, 2014
Une nouvelle vie, 2008 ; Pocket, 2010
Un cadeau inespéré, 2007 ; Pocket, 2008
Nom de jeune fille, 1999, rééd. 2007 ; Pocket, 2010
Les Bois de Battandière, 2007 ; Pocket 2009
Les Sirènes de Saint-Malo, 1997, rééd. 1999, 2006 ; Pocket, 2012

(suite en fin d'ouvrage)

Vous pouvez consulter le site de l'auteure à l'adresse suivante :
www.francoise-bourdin.com

FRANÇOISE BOURDIN

OBJET DE TOUTES LES CONVOITISES

Roman

belfond

Belfond | un département **place des éditeurs**

place
des
éditeurs

À ma sœur Catherine,
qui fut la première à aimer Alexander,
et qui me soutient depuis longtemps
sur les chemins jubilatoires de l'écriture.

Première partie

La pluie tombait de plus en plus dru, tandis que le jour continuait de s'assombrir, noyant le cimetière d'une atmosphère résolument fantomatique. On aurait pu tourner là un film d'horreur, voire un film à grand spectacle tant nous étions nombreux, sauf que les figurants avaient l'air beaucoup trop bien élevés.

Venus de toute l'Angleterre, ceux qui avaient tenu à rendre un dernier hommage au défunt marchaient à pas comptés derrière le corbillard tiré par quatre chevaux noirs.

Comme je n'avais pas connu le personnage qu'on enterrait en grande pompe, je n'avais rien d'autre à faire qu'observer Alexander, et constater qu'il m'avait menti. Lui qui prétendait avoir eu des rapports trop difficiles avec son grand-père pour pouvoir l'aimer encore était apparemment très ému. Et l'expression de son visage ne trompait personne, le chagrin l'accablait.

À côté de lui, un peu en retrait, se tenait sa mère, invisible sous un voile noir, abritée par le grand parapluie que tendait au-dessus d'elle son majordome d'un air déférent et compassé.

Le froid était pénétrant et l'odeur de terre mouillée prenait à la gorge. Avec raideur, les employés des pompes funèbres veillaient au strict protocole de l'inhumation, ayant sans doute reconnu des personnalités et des hommes politiques. Un cocher éloigna les chevaux qui frissonnaient sous leurs couvertures noires, brodées aux armes de la famille.

Seul Alexander ne semblait pas se rendre compte de la violence obstinée de l'averse. Il restait tête nue, les cheveux trempés, des gouttes d'eau roulant sur son pardessus de cachemire noir, son écharpe de soie battant au vent, les yeux rivés sur le cercueil qu'on s'apprêtait à descendre dans le caveau familial. En cette lugubre après-midi de novembre, George Leander, neuvième comte de Donagh, allait rejoindre ses ancêtres après une ultime bénédiction du pasteur.

Un éclair embrasa le ciel plombé, aussitôt suivi d'un effroyable roulement de tonnerre. Naturellement, nul ne bougea d'un pouce, mais le bruit sortit Alexander de son hébétude et il me lança un regard indéchiffrable. À présent, il était le dixième comte, avec tous les droits et devoirs qui s'attachaient à ce titre, même si la noblesse de la vieille Angleterre le faisait parfois rire.

Les gens se mirent à défiler devant lui afin de présenter leurs condoléances, et d'avoir ainsi une chance de quitter ce lieu d'épouvante avant d'être transis. Il fallut néanmoins plus d'une heure pour en finir avec les témoignages de sympathie, et pendant tout ce temps-là il continua de pleuvoir. Impassible, Alexander demeura le dernier, bien après que sa mère se fut éloignée, toujours escortée du majordome.

J'entendis les limousines démarrer l'une après l'autre, les portières claquer, puis le grondement sourd des moteurs s'estompa et le silence retomba sur le cimetière. À l'abri d'un mausolée, les fossoyeurs attendaient que nous nous décidions à bouger, Alexander et moi, ce qui m'obligea à le rejoindre.

— Je crois que nous devrions partir, maintenant…

Je l'avais suggéré à voix basse, en lui effleurant à peine l'épaule, pourtant je le vis tressaillir.

— Bien sûr ! Allons-nous-en.

Arrivé en train au début de l'après-midi, j'avais été accueilli à la gare par le chauffeur de la famille qui m'avait directement conduit au cimetière, et je me demandais à quel moment je pourrais regagner Londres. Préoccupé par ce retour, je suivis Alexander à travers les allées boueuses, bordées de pierres tombales ruisselantes.

— Il y a une sorte de réception à la maison, déclara-t-il sans se retourner, mais je ne tiens pas à y participer. Tu m'accompagnes au pub ?

Marchant à grandes enjambées, il franchit la grille. Sur le parking ne restait que son cabriolet, dont il déverrouilla les portières. À peine fûmes-nous installés à l'intérieur que les vitres se couvrirent de buée mais, au lieu de démarrer, Alexander se contenta de mettre en marche les essuie-glaces, puis la ventilation. Tandis qu'un effluve de laine humide et de tabac froid envahissait l'habitacle, je l'entendis murmurer :

— Pauvre George…

Un peu court, en guise d'oraison funèbre, cependant je ne doutais pas qu'il en dirait davantage une fois qu'il aurait recouvré son calme. Je l'avais assez souvent admiré dans un prétoire pour reconnaître la moindre de ses intonations et, à l'évidence, il luttait pour surmonter l'épreuve de cet enterrement. Lorsqu'il se résolut enfin à prendre la route, il le fit lentement, alors qu'il conduisait toujours comme un fou.

— Alex, comment vais-je t'appeler désormais ? essayai-je de plaisanter. « Monsieur le Comte » ?

— Foutaises, marmonna-t-il.

Toutefois, il en profita pour accélérer, redevenant lui-même, et en moins de dix minutes nous gagnâmes le village le plus proche.

Nous passâmes l'après-midi à boire de la bière et à jouer aux fléchettes dans l'atmosphère enfumée de l'Eden Blue, un pub assez sordide où, indifférent aux regards curieux que notre présence suscitait, Alexander ne chercha pas un instant à se montrer discret. J'aurais volontiers parié que jamais George Leander n'avait mis les pieds dans cet endroit, ni dans aucun autre établissement du village, d'ailleurs.

— Je rêvais de venir ici quand j'avais quinze ans, me confia Alexander. Eh bien, à présent, c'est chose faite !

Comme il avait gagné toutes les parties, lançant d'une main experte chacune de ses fléchettes, j'avais dû régler l'ensemble des tournées. Il décida donc de m'offrir la dernière, au comptoir, cette fois.

— Peux-tu rester ici un ou deux jours, Mark ?

Sa voix tendue contrastait avec son attitude nonchalante. Il regardait la mousse de son bock sans se résoudre à y toucher, à la fois désinvolte et désespéré. En séchant, ses cheveux blonds s'étaient mis à boucler, mais c'était là l'unique désordre de sa tenue impeccable car il n'avait même pas desserré son nœud de cravate.

— Si Joyce est d'accord, ajouta-t-il, fais ça pour moi.

De la poche de sa veste il extirpa un minuscule téléphone portable et le poussa vers moi, le long du zinc. Ma femme n'allait pas apprécier, je travaillais déjà beaucoup trop au cabinet, rentrant affreusement tard chaque soir, or nous étions vendredi, elle n'accepterait pas de gaieté de cœur la perspective d'un week-end solitaire. Contrarié, je pris le téléphone et sortis sur le parking de l'Eden Blue pour l'appeler. Au moins, lorsqu'elle verrait le numéro d'Alex s'afficher, elle aurait la certitude que j'étais bien avec lui.

Comme prévu, je me fis d'abord copieusement rabrouer, néanmoins, au bout de cinq minutes, Joyce admit que je ne pouvais pas laisser tomber Alexander dans un moment pareil. Elle avait un faible pour lui, ce qui était le cas de tous les gens qui l'approchaient, en dehors de ses adversaires dans un tribunal.

Quand l'heure tardive permit de penser que les invités seraient partis jusqu'au dernier, nous gagnâmes enfin Donagh Castle. Dans la lumière fuyante du crépuscule, je découvris, bouche bée, le plus ahurissant manoir qu'il m'ait été donné de voir. Autant la maison d'Alexander, à Londres, était un modèle de classicisme, autant cette énorme bâtisse relevait d'une pure démence architecturale.

— Les guerres, deux incendies ravageurs, et le mauvais goût de mes ancêtres successifs, commenta Alexander, laconique.

La façade présentait un colombage très travaillé, de caractère médiéval, avec des fenêtres polygonales en saillie et des ornementations sculptées à profusion. Les toits, couverts de feuilles de pierre, étaient semés de grosses cheminées de brique rouge. L'ensemble du bâtiment, monumental, s'articulait autour d'une cour pavée formant un rectangle de trois côtés seulement, dont les façades extérieures étaient bordées de pelouses à la française.

— Ma mère a dû rentrer chez elle, nous serons seuls, m'annonça Alex.

— Elle n'habite pas ici ?

— Je crois qu'elle aimait bien George, mais pas au point de vivre avec lui ! Elle s'est aménagé le pavillon de chasse, à l'autre bout du parc.

L'*autre bout* était invisible, car les terres vallonnées du domaine des Donagh s'étendaient à perte de vue, rejoignant quelque part les landes d'Exmoor. Au-delà, derrière la ligne d'horizon, l'Atlantique venait mourir dans le canal de Bristol.

Alexander s'arrêta devant le perron principal et, presque aussitôt, le majordome se précipita à notre rencontre, brandissant l'inévitable parapluie noir tout en marmonnant des paroles de bienvenue.

Une fois dans le vaste hall d'entrée, nous pûmes enfin nous débarrasser de nos manteaux toujours humides.

— Où avez-vous fait du feu, John ?

— Dans le petit salon bleu, monsieur le Comte.

— « Monsieur » suffira, merci de vous en souvenir. Et soyez assez aimable pour nous apporter du champagne.

— Du champagne, Monsieur ? répéta le majordome, interloqué.

Sans doute la dernière boisson qu'il s'attendait à devoir servir un jour de deuil.

— Un problème, John ? La cave serait-elle vide ?

Le ton délibérément sarcastique fit blêmir le domestique qui se retira en hâte.

— Je l'ai supporté toute ma jeunesse, maugréa Alexander, je pense lui proposer très vite une retraite anticipée !

Il se dirigea vers l'une des doubles portes et s'effaça pour me laisser entrer le premier. Malgré ses dimensions imposantes, la pièce me parut extraordinairement chaleureuse avec ses boiseries de chêne blond et ses grands tapis persans. Les rideaux de velours bleu-gris, soulignés d'embrasses bleu marine, n'étaient qu'à demi tirés devant les huit fenêtres, et un feu impressionnant ronflait dans la haute cheminée de marbre blanc. Partout, des tables volantes ou des commodes Regency supportaient des lampes aux abat-jour de parchemin, des jeux de cartes, des piles de magazines. J'allai prendre place dans l'un des profonds canapés tandis qu'Alexander regardait autour de lui.

— C'est étrange, murmura-t-il, j'ai l'impression d'être parti hier... Ah, tu ne peux pas imaginer à quel point j'ai détesté cette maison !

Je savais qu'il était né ici et qu'il y avait été élevé par George Leander, mais il répugnait à en parler, préférant évoquer ses souvenirs d'étudiant à Cambridge.

Un léger grincement nous signala l'arrivée de la gouvernante, qui poussait devant elle une table roulante lourdement chargée.

— Désirez-vous autre chose, Monsieur ?

Gardant les yeux baissés et les lèvres pincées, la femme s'était arrêtée à deux pas d'Alexander. Elle devait avoir une soixantaine d'années, portait un strict tailleur gris avec des mocassins à talons plats, et son rôle n'était certainement pas de faire le service. Alex parut d'abord hésiter puis il tendit la main vers elle, mais sans achever son geste.

— Condoléances, Elizabeth.

Relevant la tête, elle l'enveloppa d'un long regard triste jusqu'à ce qu'il s'approche enfin d'elle et la prenne dans ses bras. Il était beaucoup plus grand qu'elle, toutefois, dans cette étreinte d'une seconde à peine, c'était lui qui avait l'air de se faire consoler.

En sortant, la gouvernante referma la double porte avec soin. Alexander prit l'un des plateaux d'argent qu'il vint déposer devant moi.

— Elle fait les meilleurs sandwiches du Devon, déclara-t-il très sérieusement.

Un assortiment de canapés au saumon, aux concombres et aux œufs, était entouré de petits légumes crus, confits dans du vinaigre de xérès.

— Merci de me tenir compagnie, Mark...

Il me tendit une coupe de champagne, leva la sienne et la vida d'un trait. Les bulles lui firent monter les larmes aux yeux avant de provoquer une quinte de toux, alors il se détourna. Durant quelques instants, il resta de dos, et je lui laissai le temps de se reprendre.

— Où as-tu appris à jouer aux fléchettes, Alex ? Je suis sûr que ce n'était pas au programme de ton éducation !

Il me fit face, surpris mais amusé, et je le vis enfin ébaucher un sourire, pour la première fois de la journée.

— J'ai soudoyé l'un des jardiniers qui m'en a fabriqué une demi-douzaine, et durant des années je me suis exercé sur les portraits relégués au grenier. Les vacances avec George étaient toujours d'un mortel ennui…

— Mais tu l'aimais, n'est-ce pas ?

Au lieu de répondre, il remplit nos coupes en marmonnant :

— Même si tu le voulais, Mark, tu ne pourrais pas cacher tes origines françaises ! Cette manière d'aller droit au but en simplifiant à l'extrême, c'est d'un…

Il s'interrompit une seconde, secoua la tête.

— Bien entendu, je l'aimais. Lui et ma mère. Il n'y avait personne d'autre à aimer, de toute façon.

Son père était mort dans un accident de voiture alors qu'il avait à peine quatre ans. D'après le peu que je savais, sa mère avait assez mal supporté ce deuil, et s'en était remise à George Leander pour élever l'unique héritier des Donagh.

— Quand j'étais gamin, je l'appelais « grand-père » et je grimpais sur ses genoux, dit Alexander d'une voix songeuse. Il a attendu que j'aie sept ans avant de me demander de rester sur ma chaise et de lui dire « Monsieur ». Il était d'une autre époque, ce dont il n'avait nullement conscience. À ses yeux, un Leander devait être parfait en tous points. Je suppose qu'il se jugeait comme tel… Les origines de la famille remontent aux Tudors, il ne me permettait pas de l'oublier un seul instant. Mais il n'avait eu qu'un fils, à son grand désespoir, et ce fils avait juste eu le temps de me fabriquer, moi, avant de mourir. J'étais en quelque sorte… une denrée rare.

L'amertume de sa voix laissait entendre qu'il n'avait pas dû rire tous les jours. Néanmoins, George Leander avait réussi à faire d'Alexander ce qu'il était, à savoir quelqu'un d'unanimement admiré.

C'était la première chose qui m'avait frappé, lorsque j'avais fait sa connaissance, deux ans plus tôt. Il représentait l'essence même de l'aristocratie anglaise, doué d'une élégance innée, d'une érudition vertigineuse, d'une aisance inégalable. Sa manière de s'habiller, chacun de ses gestes et le moindre de ses mots étaient empreints de perfection. En costume trois-pièces, il était aussi décontracté que moi en survêtement, et si d'aventure il mettait un blue-jean il le portait avec autant de classe qu'un smoking. Jamais méprisant, mais assez fier pour paraître hautain, il était l'un des plus brillants avocats de Londres, et c'était toujours un cauchemar pour la partie adverse d'apprendre que Leander était en charge d'un dossier. Associé avec des confrères de son monde, il avait ouvert un cabinet, entre Covent Garden et la City, dans ce quartier exclusivement réservé aux juristes, et en quelques années, la firme Leander & Co. était devenue une véritable référence.

La personnalité d'Alexander avait de quoi m'intimider. Redoutable en affaires, titré et fortuné, à trente-cinq ans à peine il appartenait à la classe des hommes les plus recherchés de la capitale. Il avait choisi la profession de *solicitor* pour ne pas se retrouver enfermé dans le petit groupe trop digne des *barristers* qui ne se fréquentaient qu'entre eux et n'avaient même pas le droit de rencontrer leurs clients. Bien sûr, grâce au statut de *solicitor*, Alexander avait le plaisir de constituer le dossier de A à Z, mais il ne pouvait en principe plaider que devant les cours inférieures. Pour contourner la difficulté, il déposait des demandes de dispense qu'on lui accordait d'autant plus facilement qu'il venait de l'une des familles les plus anciennes et les plus nobles d'Angleterre.

Pourquoi m'avait-il accepté comme collaborateur ? Français par ma mère, j'avais fait une partie de mes études à Paris, dans les prestigieuses universités de la Sorbonne et d'Assas, avant de rentrer en Angleterre pour y achever ma formation de juriste au sein d'un des centres de la Law Society. « Une petite touche exotique dans l'image de marque de notre *partnership* ! » avait déclaré Alexander en m'engageant après seulement trente minutes d'entretien. Je n'avais pas les moyens de prendre des parts dans son affaire, ni même l'espoir qu'on me laisserait m'associer un jour, mais je gagnais largement ma vie chez lui, en échange d'un travail harassant. Car, malgré son extrême courtoisie, Alexander se comportait parfois comme un négrier.

Sans m'en apercevoir, j'avais vidé le premier plateau, qu'il remplaça par un autre composé de toasts au caviar et aux asperges.

— Je n'ai pas souvent mis les pieds ici, ces dix dernières années, avoua-t-il soudain. Je crains d'avoir été très négligent envers George, mais nous étions en froid.

— Pourquoi ?

Renversant la tête en arrière, il éclata franchement de rire.

— Tu es merveilleux !

Une nouvelle fois, il remplit nos coupes, et je supposai que nous commencions à être ivres.

— Si tu ne veux pas que je t'interroge…

— Excuse-moi, dit-il très vite, je ne me moquais pas de toi. Je vais te répondre, mais ce n'est pas simple à formuler. En fait, nous ne nous sommes pas disputés, George et moi. Le concept même de querelle aurait été impensable, je me suis toujours incliné devant ses volontés, je n'avais pas le choix. Ma seule révolte a été de partir.

— Pourquoi ? redemandai-je en prenant l'air innocent.

— Vois-tu, George n'a rien fait d'autre, durant toute son existence, que vérifier distraitement les comptes de l'intendant, chasser le renard, donner des réceptions et siéger à la Chambre des lords. Un mode de vie dont je ne voulais pas entendre parler. Il m'a envoyé dans les meilleures écoles du pays, les plus dures et les plus fermées, d'où il exigeait que je lui rapporte des prix d'excellence. Une seule mauvaise appréciation d'un professeur le mettait au bord de l'apoplexie. Il épluchait tous mes résultats, lisait mes dissertations, contestait les programmes des cours et les enrichissait à son idée. Je devais soutenir avec lui des conversations qui pouvaient durer la nuit entière, sur des sujets aussi passionnants que l'ésotérisme, la théologie ou la rhétorique ! Son unique concession à la vie moderne était sa reconnaissance du bien-fondé d'un entraînement sportif. Et il souhaitait que je sois capable de tenir correctement mes avirons le jour où j'entrerais à Cambridge. Alors, il a poussé la complaisance jusqu'à faire construire un court de tennis, au-delà du potager, ainsi qu'une piscine couverte, en sacrifiant – à regret – l'ancienne salle d'armes puisque l'escrime n'était plus au programme. L'été me semblait presque plus studieux que la période scolaire ! Chaque matin, ma seule ambition pour la journée était de ne pas démériter.

Il déboucha la seconde bouteille de champagne, qui attendait dans un rafraîchissoir. La fatigue et le chagrin accusaient ses traits, creusaient des cernes sous ses yeux clairs, soulignaient deux rides d'expression.

— C'est tout de même ce qu'on peut appeler une jeunesse privilégiée, lui fis-je remarquer d'un ton moqueur.

— Sauf que j'ai reçu plus de coups de cravache que n'importe lequel de ses chevaux ! George croyait aux vertus du châtiment, et il n'avait pas la main légère. Sans doute supposait-il que mon père, s'il avait vécu, m'aurait élevé de cette façon-là. Au reste, il n'en connaissait pas d'autre.

D'une poche de sa veste, il sortit son étui à cigarettes, qu'il me tendit ouvert. Pendant quelques instants, nous nous contentâmes de fumer en silence, puis il reprit, d'une voix parfaitement calme :

— Bref, je te passe les détails, j'ai bénéficié d'une éducation, certes rigide, mais tout à fait exemplaire. En conséquence de quoi, j'ai décidé, le moment venu, que cette somme d'efforts constants, de connaissances assimilées bon gré, mal gré, et de diplômes tous assortis de mentions devait servir à quelque chose. J'ai annoncé à George que, avec le mal qu'il s'était donné pour faire de moi quelqu'un d'accompli, je n'allais certainement pas m'enterrer à Donagh. Tout d'abord, l'idée d'un avocat dans la famille ne lui a pas trop déplu, du moins tant qu'il a pu s'imaginer que je défendrais la veuve et l'orphelin, ou encore que je sauverais des innocents de la pendaison. À la rigueur, il était prêt à accepter que je devienne un *barrister* en robe de soie et perruque, nommé par la reine et travaillant pour la Couronne. Mais avocat d'*affaires* lui semblait le summum du mauvais goût. Pour lui, l'argent était un sujet aussi tabou que la politique, et le monde de la finance lui inspirait un souverain mépris. Il m'a fait comprendre que je ne devrais pas compter sur lui si je me lançais dans une carrière pareille. Malheureusement, il m'avait forgé un caractère en acier trempé, je n'ai pas cédé.

Alexander étendit ses jambes devant lui et se mit à pianoter sur le bras du fauteuil, les yeux dans le vague.

— Je dois t'ennuyer, Mark... La journée a été longue, je crois que nous ferions mieux d'aller dîner.

Je me sentais incapable d'avaler une bouchée supplémentaire, mais comment refuser ? Il s'était déjà levé, avec un sourire d'excuse, aussi charmant qu'à son habitude, et je le suivis à travers une enfilade de salons plus glacés les uns que les autres. Finalement, nous aboutîmes à une salle à manger sinistre, dont tous les lustres étaient allumés et où un couvert pour deux était dressé.

— Ce n'est pas très chaleureux, je sais, mais c'est la plus intime des deux, l'autre est pire.

— Intime ? répétai-je, incrédule.

— Réservée aux breakfasts et aux petits dîners entre amis.

Sur la longue table d'époque élisabéthaine, aux pieds reliés d'entretoises, nos assiettes semblaient vraiment perdues. J'essayai en vain d'imaginer George Leander dînant là en compagnie de son petit-fils. Alex avait-il été un enfant malheureux ?

À cet instant, comme si le seul bruit de nos pas avait déclenché un signal, le majordome fit son apparition, suivi d'un valet en veste et gants blancs.

— Puis-je faire servir, monsieur le... Monsieur ?

Alexander acquiesça d'un signe de tête tout en regardant la bouteille de bordeaux que le valet commençait à décanter dans une carafe de Bohême.

— Château-margaux 1975, Monsieur, susurra John.

De plus en plus éberlué, je jetai un coup d'œil circulaire tandis qu'Alexander goûtait le vin. Où étais-je tombé ? Certes, j'avais souvent été convié par Alexander dans sa superbe maison de Londres, où il employait un valet de chambre à l'année et quelques extras les soirs de fête, mais Donagh Castle n'avait rien à voir, et rien de ce que je connaissais ne pouvait lui être comparé. Autour de nous, dix chaises Queen Ann, aux accotoirs en crosse, demeuraient inoccupées. Sur des consoles sculptées, tout le long des murs, s'alignaient des chandeliers d'argent, des corbeilles de fruits exotiques, des chauffe-plats ciselés et d'énormes bouquets de fleurs fraîches. Au-dessus, entre les fenêtres aux vitraux sertis de plomb, des tapisseries d'Aubusson figuraient des scènes de chasse.

Alexander attendit que les deux serviteurs soient sortis pour déclarer, ironique :

— Tu comprends pourquoi ma mère a fui ? Après avoir respecté trois ans de deuil auprès de son beau-père, elle a souhaité retrouver une vie… disons, normale. Plus discrète que lady Chatterley dans le roman de Lawrence, je suppose qu'elle avait des… besoins. À part ça, et le fait qu'elle m'ait livré à George, c'est une femme merveilleuse.

Je regardai mon verre sans y toucher. Le vin avait une couleur profonde de rubis et dégageait un arôme subtil, malheureusement j'avais beaucoup trop bu pour l'apprécier.

— C'est sa maison que j'habite, à Londres. Un cadeau pour mes vingt ans, qui a mis George hors de lui.

— Voulait-elle se racheter ?

— Non, je ne crois pas. Elle est persuadée que George m'a très bien élevé, alors qu'elle-même m'aurait gâté, choyé…

Il s'arrêta net, esquissa un geste d'impuissance et renonça à poursuivre. Sa mère semblait assez cynique pour avoir préféré la discipline à la tendresse, et sous ce prétexte réduit son fils à la seule compagnie d'un homme âgé qui exigeait d'être appelé « Monsieur ».

Revenu sans bruit, le valet déposa devant moi un plat de poissons fumés nappés d'une sauce à la crème. Baissant les yeux, je constatai que trois sortes de couverts présageaient un dîner copieux.

— Alex, je n'ai vraiment plus faim, je suis désolé.

— La cuisinière comprendra, répondit-il en se levant aussitôt.

— Non, je t'en prie ! Rassieds-toi, il faut que tu manges quelque chose, tu n'as touché à rien tout à l'heure.

— Peu importe. Viens…

Maudissant ma stupidité, je le suivis de nouveau, et cette fois il me conduisit jusqu'au fumoir. De dimensions presque raisonnables, la pièce était tendue de chintz gris perle, avec de gros fauteuils club au cuir patiné installés en demi-cercle devant une cheminée de pierre. Précédant les désirs d'Alexander, John avait fait allumer du feu là aussi, et je restai debout devant les flammes en essayant de me réchauffer.

— Un cognac, Mark ? Une eau-de-vie ?

Il tenait admirablement l'alcool, j'avais déjà eu l'occasion de le constater lors de certaines soirées à Londres, et je ne pouvais pas le suivre sur ce terrain. Cependant, pour ne pas le décevoir, j'acceptai un doigt de poire Williams.

— Si tu veux un cigare... George commandait son mélange directement à La Havane, proposa-t-il en me désignant un coffret d'acajou.

Sur ce, John fit irruption, image même de la désapprobation. La manière dont nous avions déserté la salle à manger ne lui plaisait certainement pas. Sans un regard pour Alexander, il posa sur la table basse le plateau du café. À côté du pot à lait et du sucrier, je vis une large assiette de petits fours ainsi qu'une boîte de chocolats belges.

— Vous pouvez disposer, John, nous trouverons seuls le chemin de nos chambres.

Très raide, le majordome s'inclina devant Alexander avant de s'éclipser.

— Réponds-moi sincèrement, dis-je alors, c'est *toujours* comme ça ?

— Non. Aujourd'hui, le service est réduit au minimum. En raison de l'enterrement, la plupart des domestiques sont en congé.

Médusé, je l'observai un moment, mais il ne plaisantait pas. Si je ne lui avais pas tenu compagnie ce soir-là, aurait-il vraiment dîné seul ici ? Erré de pièce en pièce, un verre à la main, écoutant résonner ses pas jusqu'à s'effondrer ivre mort ?

Malgré toute l'affection et l'admiration que je lui vouais, je le connaissais assez mal. Nous étions devenus amis en un rien de temps, pourtant nous étions résolument différents. Lui qui savait se montrer si distant avait brûlé les étapes avec moi.

Il ne s'était pas contenté de m'accepter comme collaborateur, il m'avait tout de suite invité chez lui avec ma femme, nous avait présenté une foule de gens, emmenés au théâtre ou à des matches de polo. Au cabinet, il m'avait octroyé l'un des meilleurs bureaux, alors que je n'étais pas un associé, et affecté une secrétaire d'une rare compétence. Ce traitement de faveur me mettait toutefois dans l'obligation de me tuer au travail, ce que je faisais de bonne grâce.

Joyce avait immédiatement adoré Alexander, la plupart du temps elle ne lui tenait pas rigueur de mes retours tardifs. Elle ne tarissait pas d'éloges à son sujet, impressionnée malgré elle par ce qu'il représentait. Le nom de Leander était un véritable sésame dans un certain milieu, elle en profitait sans scrupules pour bénéficier de toutes sortes de privilèges : être invitée aux défilés de mode, aux avant-premières, ou encore entrer dans les clubs les plus fermés. Sortir avec lui dans Londres était toujours un plaisir, et elle s'amusait comme une folle de son humour incisif, n'hésitant jamais à le prendre par la main ou à l'embrasser dans le cou. Attendri par leur complicité, je les laissais faire d'autant plus volontiers que je connaissais les mœurs d'Alexander et ne pouvais éprouver aucune jalousie à son égard.

— Dimitri n'est pas venu, dis-je à mi-voix.

Il n'y avait ni curiosité ni reproche dans ma constatation, j'espérais seulement qu'Alex ne se sentait pas trop seul avec moi.

— Mon Dieu, Mark, je ne tiens pas à pousser le scandale jusque-là ! Je ne crois pas que la place de Dimitri soit à Donagh.

— Ton grand-père était-il au courant de...

Voyant que j'hésitais à formuler la question, il haussa les épaules avec agacement.

— Bien entendu. Par l'intermédiaire d'un tabloïd que l'intendant avait obligeamment déposé sur son bureau, il y a quelques années de ça. L'article concernait Dimitri, malheureusement j'étais avec lui sur l'une des photos, prise dans une boîte gay ainsi que le précisait la légende. George m'a convoqué ici, toutes affaires cessantes, mais comme j'avais passé l'âge des corrections il n'a pu me donner qu'une sévère leçon de morale.

— Et ensuite ?

— Rien. J'ai intenté une action contre le journal pour obtenir des dommages et intérêts.

Sur ce plan-là, il ne craignait personne, il avait dû exiger le maximum car, même si la liberté de la presse, en Angleterre, était presque intouchable, il avait sans aucun doute trouvé la faille.

— Pendant un an, George m'a ignoré, ne répondant pas à mes lettres. À mon avis, il ne devait même pas les lire. Puis un beau jour, il m'a appelé, aussi désinvolte que si nous nous étions vus la veille, et m'a informé qu'il débarquait chez moi, à Londres.

— Il est venu ?

— Évidemment. Il ne faisait pas de blagues par téléphone ! À ce moment-là, Dimitri habitait déjà à la maison. Enfin, tu le connais, il y vivait à sa manière, là ou pas là, réfugié dans son dernier étage et tout à fait imprévisible.

Leur mode de vie me rendait perplexe, mais je ne portais aucun jugement. Dimitri faisait partie intégrante de l'existence d'Alexander, même si on ne les voyait que rarement ensemble.

— George est arrivé un samedi, à l'heure du thé. À peu près aussi aimable que la statue du Commandeur venant interpeller don Juan. Sa présence avait une raison simple, il voulait m'entretenir de l'avenir de la famille. Un avenir qui dépendait de moi, ou plus exactement de ma capacité à engendrer des héritiers. Il avait soixante-seize ans à ce moment-là et ne comptait pas s'atteler lui-même à la tâche.

— S'agissait-il d'un chantage ?

— Il ne se serait jamais abaissé à ça. Et puis, de quoi pouvait-il me menacer ? De me déshériter ? À qui aurait-il donc légué le patrimoine des Donagh ? Non, pour George les choses se présentaient de façon claire, j'étais son petit-fils, en conséquence je devais lui obéir. C'est vrai que, au pire, il aurait pu épouser n'importe quelle fille assez désargentée pour oublier son âge, et lui faire une ribambelle de petits

Leander qui seraient devenus mes oncles et tantes, mais il avait le sens du ridicule et ne supportait pas les mésalliances.

Alexander alla rajouter une énorme bûche dans la cheminée, puis il s'appuya un instant au manteau de pierre blanche, la tête penchée vers le feu. J'en profitai pour me resservir une tasse de café, soulagé de sentir s'estomper un peu les brumes de l'alcool.

— Comment s'est terminée votre entrevue ?

Qu'il m'ait choisi pour confident était flatteur, mais de toute façon son histoire m'intéressait réellement.

— La courtoisie la plus élémentaire m'obligeait à lui offrir l'hospitalité, qu'il a refusée en me rappelant qu'il descendait toujours à son club lorsqu'il était de passage à Londres. Il m'y a convié à déjeuner pour le lendemain, sans même supposer que je pourrais avoir d'autres obligations. Au moment où il allait partir, Dimitri est arrivé, revenant d'une répétition au théâtre, et ils se sont croisés sur le perron.

— Pas de chance !

— Non, vraiment… J'ai raccompagné George jusqu'à sa voiture et, tandis que son chauffeur s'empressait, il m'a lancé ce genre de regard qui donne envie de rentrer sous terre. « Très joli spécimen, ton jeune ami, mais à moins d'un miracle de la science il ne sera jamais la mère de tes enfants. Tâche d'y penser. » Ce sont très précisément ses paroles, même si je n'arrive pas à t'en restituer l'intonation exacte, qui comportait à parts égales une dose de mépris et une de regret, assaisonnées d'un soupçon de dégoût.

À en croire son expression exaspérée, il devait revivre la scène, qu'il n'avait toujours pas digérée.

— Et le lendemain ? Es-tu allé déjeuner avec lui ?

— Non. Mais quand j'ai appelé, en fin d'après-midi, pris de remords et prêt à m'excuser platement, on m'a dit qu'il était reparti le matin même pour le Devon. En somme, nous avions tous les deux évité ce rendez-vous.

— Tu ne l'as jamais revu, par la suite ?

— Si, l'année dernière. Dimitri était en tournée, je suis venu passer Noël ici.

— Pour te réconcilier avec lui ?

— Nous n'étions pas fâchés, Mark. Juste en froid et pas d'accord sur tout. Oh, bien sûr, j'ai dû aller à Canossa avant qu'il n'accepte de me parler ! Mais il en mourait d'envie, et moi aussi. Nous savions l'un comme l'autre qu'il n'avait plus beaucoup de temps devant lui. Malgré la neige, il a voulu sortir en voiture avec moi, pour faire le tour du domaine une dernière fois et pousser jusqu'à la mer. Là-bas, il m'a demandé comment je pouvais envisager sereinement que toutes ces terres reviennent un jour à l'État. Que la famille s'éteigne avec moi, que notre nom disparaisse. Il m'a dit des choses dures, et de façon très brutale. À ses yeux, j'avais déjà le tort d'avoir choisi une carrière discutable qui me faisait défendre des crapules, je n'allais pas, de surcroît, être un fruit sec ? Face à lui, hélas ! j'avais l'impression d'avoir toujours dix ans, alors, au bout du compte, je lui ai promis ce qu'il exigeait.

Quelque part dans les profondeurs du manoir, une horloge se mit à sonner douze coups. Quel genre de serment Alexander avait-il prononcé, contraint et forcé ? Le connaissant, je savais que, quoi qu'il ait pu jurer, il s'y tiendrait.

— Tu vas te marier, Alex ?

— Un jour, oui.

C'était une nouvelle stupéfiante. Je ne m'étais jamais posé la question jusque-là, et à lui encore moins, mais après tout, peut-être avait-il *aussi* des maîtresses ? Si oui, ne devrais-je pas réviser mon opinion quant à son comportement trop amical avec Joyce ?

— Je ne peux pas dire que cette perspective m'enchante, conclut-il d'un ton désabusé.

Cependant, il y songeait, pour lui il s'agissait d'une échéance inéluctable, pas d'une hypothèse. Que devenait Dimitri, dans ce projet ? À trente-cinq ans, Alex pouvait encore différer ses noces, mais combien de temps ?

— Montons nous coucher, décida-t-il, je t'ai assez rebattu les oreilles pour ce soir ! Je te préviens, il fait un froid de loup au premier. John a dû te préparer la suite jaune, j'espère qu'il aura pensé à rajouter un édredon.

Le sens du détail ne lui faisait jamais défaut, ce qui expliquait aussi bien la réussite de ses réceptions que la solidité de ses dossiers.

Il me précéda dans le dédale du rez-de-chaussée, jusqu'à un escalier d'honneur que tout un corps de ballet aurait pu descendre de front. À l'étage, nous longeâmes une galerie semée de bustes et de portraits, sur laquelle s'ouvraient une multitude de portes, toutes semblables et couvertes de miroirs biseautés.

— C'est ici… Tu es chez toi, Mark. N'hésite pas à sonner, un domestique volera à ton secours, congé ou pas.

La chambre était allumée, ou plutôt illuminée par une série d'appliques et de flambeaux de cuivre. En avançant, je découvris que le lit, au fond d'une alcôve, avait été préparé. Dans la partie salon, le mobilier Chippendale, d'époque georgienne, était somptueux, voire pompeux.

Le luxe inouï de Donagh Castle m'impressionnait sans toutefois me faire envie. Vivre dans un cadre aussi écrasant, à longueur d'année, m'aurait été insupportable, j'y serais mort d'ennui ou d'angoisse. Cependant, j'éprouvais assez de curiosité pour demander à Alex si je pouvais jeter un coup d'œil à sa propre chambre. Hochant la tête, compréhensif, il m'entraîna un peu plus loin dans la galerie. Il s'arrêta devant l'une des portes, et nous pénétrâmes dans une pièce beaucoup plus vaste que ma suite, entièrement meublée dans un style Louis XVI.

— Signés Sheraton ? hasardai-je.

— Facile à reconnaître, avec sa prédilection pour l'acajou ! George ne plaisantait pas en matière de décoration, il a acheté ces merveilles une par une aux ventes de Sotheby's, peu après ma naissance. Seul problème, je n'ai jamais rien pu changer ici, ni même avoir un vrai bureau.

Une table Pembroke et une bibliothèque-secrétaire avaient pourtant dû lui suffire lors de ses études, à en croire les résultats obtenus. Mais j'imaginais mal comment un enfant, puis un adolescent, avait pu s'épanouir entre ces murs. Les rideaux damassés semblaient trop lourds, le parquet trop bien ciré, le plafond trop haut. Je songeai à ma chambre de jeune homme, chez mes parents, aux murs couverts de posters et aux étagères encore chargées de toutes mes vieilles peluches.

Alexander se tourna vers moi et me considéra avec ce même regard indéchiffrable qu'il avait eu au cimetière.

— Dors bien, Mark, dit-il d'une voix étrange.

Je savais qu'il avait beaucoup bu, qu'il était fatigué, et surtout, je le voyais bien, submergé de tristesse. Tout au long de la soirée, chaque fois qu'il avait prononcé le prénom de son grand-père, j'avais perçu son émotion, sa douleur. Se sentait-il tellement coupable ?

Il fit quelques pas hésitants, l'air perdu, puis enfouit ses mains dans ses poches.

— Veux-tu que je t'aide à te coucher ?

Secouant la tête, il s'adossa au mur. Comme tous les Anglais, il ne montrait pas grand-chose des sentiments qui l'agitaient, j'eus pourtant l'impression qu'il était sur le point de craquer et j'éprouvai un brusque élan d'affection pour lui. Je le rejoignis, le saisis par l'épaule.

— Je suis de tout cœur avec toi, Al.

Il se raidit, surpris par mon accolade maladroite, et esquissa un geste qu'il n'acheva pas. De toute façon, il ne pleurerait pas devant moi, mieux valait le laisser seul.

Je regagnai ma chambre, dont je fis lentement le tour, examinant avec intérêt une collection de petits bronzes animaliers disposés sur un guéridon en bois de rose, m'attardant devant un authentique Manet, découvrant sans surprise sur l'un des chevets une assiette de fruits confits et une bouteille d'eau minérale. Nulle part je ne pus déceler le moindre grain de poussière ou la tache la plus insignifiante : le personnel accomplissait parfaitement son travail. Dans la salle de bains mitoyenne, un peignoir de velours m'attendait, ainsi qu'une pile de serviettes moelleuses et un nécessaire de toilette griffé Dior. Quel hôtel, même de grand standing, aurait pu rivaliser avec Donagh Castle ? Hormis la température, qui ne devait pas dépasser les quatorze degrés, tout était parfait.

Une fois couché, je pensai à Joyce qui dormait sans doute depuis longtemps, roulée en boule dans notre grand lit. Pour me faire pardonner ce week-end solitaire auquel je la condamnais en restant ici, j'imaginai lui proposer une escapade comme celle que nous nous étions offerte le mois précédent. Deux jours idylliques en Écosse, où nous avions passé l'essentiel de notre temps sous la couette à faire l'amour, ou encore devant la cheminée de l'auberge à bavarder. Elle avait toujours quelque chose de drôle à me raconter, et j'adorais la voir rire, la tête renversée en arrière, ses longs cheveux auburn cascadant sur ses épaules. Pour l'épouser, j'avais attendu d'obtenir mon diplôme de fin d'études, mais j'aurais pu la demander en mariage le jour de notre première rencontre car j'étais tombé amoureux d'elle en moins de dix secondes. Elle était belle, gaie, délicieusement féminine, et nous nous entendions à merveille. Facile à émouvoir, elle nourrissait tous les chats errants du quartier. Authentiquement généreuse, elle offrait un peu de son temps à une association de bénévoles qui aidaient les sans-abri, et elle ne se contentait pas de donner de l'argent aux mendiants dans la rue, elle discutait volontiers avec eux. Sa spontanéité était peut-être ce que je préférais en elle, et même la futilité de petite fille qu'elle manifestait à certains moments m'attendrissait. Bref, j'étais comblé. Je me pris à regretter son absence, j'aurais voulu qu'elle soit là pour partager tout ce luxe avec elle, et aussi pour la réchauffer dans mes bras en lui chuchotant des mots tendres.

Dehors, le vent hurlait toujours autour du manoir, et la pluie continuait de gifler les fenêtres. Malgré l'édredon de plumes, qui m'apportait une tiédeur réconfortante, je n'arrivais pas à m'assoupir. L'évocation de Joyce n'avait pas suffi à me faire oublier les images de l'enterrement de George Leander, et dans l'obscurité absolue de la chambre je songeai longtemps aux quatre chevaux noirs, au cercueil de chêne, à l'expression ravagée d'Alexander.

— Belle matinée, Monsieur ! annonça le valet de chambre en ouvrant les rideaux.

Tandis que j'émergeais tant bien que mal d'un sommeil lourd, le domestique fit le tour des fenêtres, dévoilant un ciel aussi sinistre que la veille. Une délicieuse odeur de café me parvenait du plateau qu'il avait déposé à côté de moi, sur l'édredon de plumes, et je réussis à m'asseoir.

— M. le Comte prendra son breakfast à neuf heures dans la salle à manger, Monsieur.

Il me tendit le journal, qu'il avait gardé plié sous son bras, puis s'éclipsa. Je vidai deux tasses d'un succulent café à l'italienne avant de me rejeter sur les oreillers, refermant les yeux. La nuit avait été peuplée de cauchemars et je mourais d'envie de prendre une douche, mais j'avais les doigts et le bout du nez glacés.

— Mark ? Bien dormi ?

Je découvris Alexander, que je n'avais pas entendu entrer, debout au pied de mon lit. Il portait une robe de chambre en soie gris ardoise, dont la ceinture était négligemment nouée, et ses cheveux semblaient mouillés. Comment ne claquait-il pas des dents ?

— Te sens-tu mieux ce matin, Alex ?

— Oui. Merci de ta patience, hier soir, je suis navré d'avoir été aussi bavard.

— Ne le sois pas.

Il m'adressa un de ces sourires charmeurs dont il avait le secret, qui le rendaient irrésistible et lui gagnaient immanquablement la sympathie des juges.

— Au-delà de ta salle de bains, tu trouveras mon dressing. Prends ce que tu veux, je pense que mes chemises t'iront.

Plus grand que moi, il était tout aussi mince et je devais pouvoir porter ses vêtements sans être ridicule.

— Si je peux te donner un conseil, ajouta-t-il, habille-toi chaudement.

Sur le point de s'en aller, il marqua une brève hésitation.

— Tu restes avec moi, Mark ?

— Oui…

— Je te ramènerai à Londres demain soir, ça ira ?

— À condition que tu ne me réclames pas le dossier Benton contre Smith lundi matin à huit heures. J'avais prévu d'y travailler aujourd'hui.

— Sans problème. Tu n'auras qu'à me le donner lundi midi.

— Alex !

Mais déjà il retraversait la chambre, puis disparut. Impossible de savoir s'il plaisantait ou pas, il était capable de n'importe quelle exigence professionnelle.

J'allai prendre un bain brûlant, et me rendis dans le dressing d'Alex où j'hésitai un moment devant les rangées de chemises sur mesure et les piles de pulls en cachemire. Tout était ordonné avec un soin extrême sur des étagères d'acajou, ou pendu sur des cintres de velours. Il y avait des embauchoirs dans les chaussures impeccablement cirées, des casiers spéciaux destinés aux sous-vêtements, ainsi qu'une collection de cravates de grands couturiers sur un présentoir. Pour un homme qui ne venait ici que rarement, une telle profusion de vêtements était plutôt surprenante, mais j'avais décidé de ne plus m'étonner de rien. Après tout, Alexander était pair du royaume et siégeait à la Chambre des lords, qu'il ait plusieurs garde-robes était sans doute la moindre des choses.

— Tu trouves ton bonheur ? demanda-t-il en me rejoignant dans le dressing.

Il laissa tomber sa robe de chambre et décrocha une chemise blanche. Plus athlétique que je ne l'aurais cru, il était tout en muscles, encore bronzé d'un récent séjour aux Maldives. Quand trouvait-il le temps d'entretenir sa forme physique ?

— Depuis que je suis réveillé, je me demande ce que je dois faire, dit-il. À moins d'avoir une très bonne surprise avec les livres de comptes, je suppose que la maison est un gouffre.

— Tu penses t'en séparer ?

— Mark ! s'écria-t-il. Tu plaisantes, j'espère ? Comment voudrais-tu que… Non, bien sûr que non ! En revanche, je peux réduire le train de vie, mettre un peu d'ordre.

Il acheva son nœud de cravate, enfila un pull et un pantalon noirs.

— C'est ce que tu appelles une tenue de campagne ?

— Ma mère nous rejoindra pour le déjeuner, expliqua-t-il.

Sans doute voulait-il respecter un jour de deuil, et je choisis à mon tour des couleurs discrètes. Nous descendîmes ensemble prendre le petit déjeuner, puis il m'emmena faire le tour du domaine. Même sans la pluie de la veille, le temps restait atroce, froid et menaçant, avec un brouillard de plus en plus épais qui contraignait parfois Alex à conduire au pas.

Les terres de Donagh étaient constituées de pâturages pour le bétail, de champs d'orge ou d'avoine en patchwork, de superbes bois et, au bord du littoral, de paysages magnifiques faits de bastions rocheux. Je me demandais ce qu'Alex ressentait à se savoir désormais propriétaire d'un endroit pareil, qu'il n'avait manifestement pas le droit moral de vendre. Jusque-là, il m'avait paru tellement citadin que je le supposais démuni face à l'ampleur de la tâche qui l'attendait. Il ne pourrait pas s'en remettre les yeux fermés à l'intendant, il allait être obligé de partager sa vie entre Londres et le Devon.

— Je te montrerai les écuries cette après-midi. George s'essayait un peu à l'élevage et nous possédons quelques jolis produits.

En disant « nous », à qui songeait-il ? À sa mère ? Il m'avait déclaré la veille que la place de Dimitri n'était pas à Donagh, signifiant par là qu'il ne comptait pas l'y emmener. Décidément, leur relation avait quelque chose d'incompréhensible.

Comme par hasard, le portable d'Alexander se mit à sonner, et dès les premiers mots je compris qu'il s'agissait du jeune Russe. Apparemment, Alex ne l'avait pas appelé depuis qu'il avait quitté Londres, le jeudi, et il dut lui résumer l'enterrement en quelques phrases laconiques. Il lui parlait gentiment, mais un peu comme à un enfant, d'un ton à la fois patient et agacé. Sans avoir utilisé la moindre formule affectueuse, il mit fin à la communication.

*

Alexander vient de raccrocher et je n'en sais pas davantage. À Donagh, il est encore plus inaccessible que partout ailleurs. Je ne l'ai jamais connu démonstratif, mais je m'en suis accommodé tant que j'ai cru avoir une chance d'être aimé. Au début, je l'ai ému ; quand il me voit sur scène, je le bouleverse ; et, dans certaines occasions, il me désire éperdument. Hélas ! tout cela n'a rien à voir avec l'amour.

Il est là-bas, hors de portée, désespéré par la mort de son grand-père, culpabilisé de s'être rebellé contre lui, profondément atteint pour une fois, presque vulnérable, cependant je ne suis pas à ses côtés. Il a réussi à garder Mark auprès de lui. J'ai dû appeler Joyce pour en être certain, parce que Alexander ne s'est pas donné la peine de me l'apprendre lui-même.

Donc, Mark est avec lui... Très bien. Parfait ! C'est ce qu'il voulait, qu'y puis-je ? Peut-être Mark le voulait-il aussi, mais sans le savoir ? Je connais suffisamment Alexander pour imaginer ce qu'il ressent. Il est fou amoureux de Mark et il est décidé à l'avoir, même s'il doit y passer le reste de sa vie. Il l'aura, j'en ai la conviction. Et, à l'instant où Alexander posera ses mains sur Mark, je n'existerai plus, Joyce sera balayée.

Mon Dieu, je hais ce pauvre Mark, or il n'y est pour rien. Il ne devine pas ce qui le guette, ne comprend pas encore.

La voix d'Alexander, à l'instant, d'une froideur absolue, comme si nous étions de vagues relations, lui et moi. Une voix si différente de ce qu'elle peut être au cœur de la nuit, quand il veut séduire, conquérir, dominer, ou qu'au contraire il se retient. Je me damnerais pour qu'il soit là en ce moment, sur le seuil de ma chambre, appuyé d'une épaule au chambranle, en train de me regarder avec une certaine expression qui me pétrifie. Mais depuis combien de temps n'est-il pas monté ici ?

Quand nous nous croisons dans l'escalier, il sourit distraitement. Sa courtoisie est parfois celle d'un étranger, parfois celle d'un grand frère indulgent. Il lui arrive aussi de m'arrêter, posant une main sur la rampe pour m'empêcher d'avancer. « Tu vas bien, Dimitri ? Tu ne manques de rien ? » Pourquoi tant de prévenance ?

Je l'ai interrogé, une nuit où il était dans mon lit, où il m'avait réduit à cet état pitoyable qui fait que je me jetterais au feu s'il me le demandait. « Tu es amoureux de Mark, n'est-ce pas ? » Sa seule réaction a été de se lever en silence, se rhabiller, et quand il est parti, il a fermé la porte très doucement.

À l'époque où il m'a offert l'hospitalité chez lui, j'étais vraiment au bord du gouffre. Je ne supportais plus de rentrer seul chez moi. La célébrité ne m'apportait aucun réconfort, j'avais pris les fleurs et les messages de félicitation en horreur. La moitié de l'argent que je gagnais, c'est-à-dire beaucoup, je l'envoyais à ma famille, demeurée à Saint-Pétersbourg, et je ne pouvais penser qu'à eux, qui refusaient de me rejoindre ici, terrés dans cet appartement minuscule d'où ils ne sortaient que pour essayer de trouver de quoi manger. Quel attachement pernicieux les lie encore à la Russie ? L'effondrement du communisme a laissé place à la mafia et la misère est partout. On vend les palais par morceaux, on gagne deux mille roubles par mois ! Et les ouvriers continuent de se saouler, le vent glacé de la Baltique de souffler. Non, je ne retournerai pas là-bas, même si je dois crever du mal du pays, car aucune scène au monde, hélas ! ne remplacera jamais pour moi celle du Kirov.

Au premier regard d'Alexander, je suis tombé sous le charme, pieds et poings liés. Il était dans ma loge, venu avec des amis, et il s'est excusé de ne pas suffisamment connaître la danse pour formuler les compliments qu'il aurait souhaités. En le disant, il me détaillait avec curiosité, sans se donner la peine de sourire. Nous sommes tous allés dîner dans une taverne enfumée. J'étais assis à côté de lui, incapable d'écouter un mot de la conversation, profondément troublé, et je n'osais même pas frôler son épaule, moi qui n'hésite jamais à draguer n'importe quel homme du moment qu'il me plaît. Quand nous sommes sortis, il a proposé de me raccompagner. Il est monté chez moi, a refusé le dernier verre, et il est resté là à attendre, avec une expression interrogative, jusqu'à ce que je me déshabille devant lui.

Comment va-t-il s'y prendre pour séduire Mark ? Jamais il ne courra le risque de gâcher leur amitié – qui existe bel et bien –, il va devoir faire très attention. Depuis deux ans, il cherche la faille, il réfléchit. Mis au pied du mur, peut-être refusera-t-il de détruire son rêve ?

*

Lady Annabel avait dû être une très belle femme. Une peau fine semée de taches de rousseur, d'étincelants yeux clairs dont elle avait transmis l'éclat à son fils, une grâce inimitable la caractérisaient. Assise à la droite d'Alexander, elle multipliait les mots gentils à son égard sans obtenir autre chose que des réponses brèves, d'une politesse glacée. À deux reprises, elle essaya de poser sa main sur son bras, comme pour l'amadouer, mais il esquiva son contact.

Elle parlait de George Leander avec tendresse, respect, et aussi un soupçon de rancune. Alex ne répliquait rien, se bornant à l'écouter. De temps en temps, elle me jetait un coup d'œil empreint de curiosité, sans doute intriguée par la raison qui avait poussé son fils à inviter l'un de ses collaborateurs.

— Pourquoi ne viendriez-vous pas vous installer ici ? lui proposa soudain Alexander. Je ne peux pas fermer la maison et je trouve navrant de la savoir vide. Même si je réduis le personnel de moitié, vous serez parfaitement servie.

— Al chéri, protesta-t-elle d'un air inquiet, j'adore le pavillon de chasse ! Est-ce que John ne pourrait pas s'occuper seul de…

Au nom de John, il avait tourné la tête vers elle, et son regard dur la fit taire.

— Je comptais le renvoyer, mais si vous tenez à le garder, je m'en arrangerai, déclara-t-il avec une insupportable froideur.

Je la vis pâlir, se troubler, puis se raidir comme s'il la mettait à la torture.

— Vous ne souhaiterez certainement pas occuper votre ancienne chambre, poursuivit-il impitoyablement. Ni celle de George, j'imagine ! Cependant, la suite rose est très agréable, bien exposée, et assez… indépendante pour vous plaire.

Lui déniait-il ainsi tout droit à dormir dans le lit d'un Leander ? Ce qu'Alex avait appelé la « vie de femme » de sa mère ne pouvait être évoqué entre eux, mais il lui faisait clairement comprendre sa volonté et j'en étais blessé pour elle.

Après le repas, elle refusa de nous accompagner au fumoir, prétextant la fatigue, toutefois elle promit de nous rejoindre pour le dîner. Une charmante femme de chambre, que je n'avais pas encore vue, vint nous servir le café et les liqueurs, tandis qu'Alex s'absorbait dans la contemplation des flammes. Au bout d'un long moment, il soupira puis s'arracha à ses réflexions.

— Tu dois me juger désagréable avec ma mère ? Je ne fais que lui rendre son dû.

Nerveux, il alluma une cigarette, inspira profondément la fumée.

— Elle est issue d'une famille tout aussi ancienne et titrée que celle des Leander. Bien qu'étant la cadette de six enfants, elle a connu une jeunesse dorée et n'a nullement été impressionnée par le faste de Donagh lorsqu'elle a épousé mon père. Sa décision d'habiter le pavillon de chasse, pour les raisons que je t'ai exposées hier, n'était qu'un moyen d'échapper à la morale trop rigide de George. Désormais, sa place est ici, qu'elle le veuille ou non. J'essaierai de venir la déranger le moins possible.

— La déranger ? Je suis certain qu'elle t'adore, Alex.

— Moins que sa liberté, crois-moi sur parole ! répliqua-t-il d'un ton cassant.

Il jeta sa cigarette dans le feu, posa un pied sur le rebord de l'âtre.

— Mais je ne la lui conteste pas, bien entendu.

Sauf qu'il lui interdisait de vivre où elle voulait, qu'il lui défendait l'accès de certaines chambres avec un cynisme déroutant, qu'il se comportait en tyran plus qu'en chef de famille.

— Quel est le problème avec John ? demandai-je carrément.

Après tout, je n'étais pas censé respecter les règles, j'étais un roturier à moitié français, je pouvais me permettre d'être indiscret.

— Il a été le premier sur la liste, répondit-il en laissant échapper un petit rire amer.

La liste des amants de sa mère ? Un majordome ? Pourquoi avait-elle fait une chose pareille, et comment Alex l'avait-il appris ?

— Ton grand-père l'a su ?

— Dieu nous préserve, il n'aurait jamais toléré une telle situation, il aurait réglé le problème avec un fusil ! Non, je t'ai dit qu'elle était discrète, je dois lui rendre cette justice. Mais je l'ai beaucoup espionnée, quand j'étais gamin, parce que j'étais fou de rage qu'elle m'ait abandonné à George, ou tout simplement fou d'elle, comme la plupart des petits garçons.

Il lui en voulait toujours, son expression coléreuse le trahissait. Sa mère saurait-elle un jour à quel point elle l'avait frustré ? Qu'avait-il pu éprouver, enfant, en découvrant que John avait droit à des gestes tendres et des tête-à-tête qui lui étaient refusés ? Jusqu'ici, je n'avais pas supposé que quoi que ce soit ait pu faire défaut à Alexander dans sa jeunesse, mais je comprenais qu'il avait manqué d'amour, ce dont il risquait de ne jamais se remettre.

— Un de ces jours, Mark, quand tu connaîtras ma vie par cœur, il faudra que tu me racontes la tienne... Tu dois te demander ce que tu fais ici ?

— Je suppose que tu avais besoin d'un ami.

— Pas n'importe lequel. Toi en particulier.

— Tant mieux. Je suis ravi de pouvoir t'aider.

Ma réponse parut le dérouter. Il secoua la tête, faillit ajouter quelque chose mais se tut. Après une minute de silence, il se borna à déclarer :

— Viens, sortons.

Je n'avais pas tout vu à Donagh, tant s'en fallait. Dans les garages, qui abritaient une demi-douzaine de voitures soigneusement entretenues par le chauffeur, Alex choisit un Range Rover tout-terrain et me conduisit aux écuries, puis aux chenils où s'ébattait une meute de beagles. Il me fit ensuite visiter le parc et les innombrables dépendances, des serres à la chapelle, avant de s'arrêter un instant chez l'intendant à qui il réclama les livres de comptes. Le bonhomme n'était pas très sympathique, on voyait bien qu'il se sentait mal à l'aise face à Alexander, et il ne lui remit les registres qu'avec réticence. Jugeait-il le nouveau comte de Donagh trop jeune, ou était-il coupable de malversations ?

— Je vais devoir tout faire contrôler par mon conseiller fiscal, maugréa Alex en jetant les livres à l'arrière du 4 × 4.

Il avait parlé assez fort pour être entendu de l'intendant qui attendait notre départ, sur le seuil de sa maison.

— Tu te feras détester en t'y prenant comme ça, lui dis-je à voix basse.

— Il me détestait avant !

Apparemment, il n'était pas près de lui pardonner. Sans cet homme, George Leander n'aurait peut-être jamais appris le genre de vie que menait son petit-fils à Londres, et leur ultime conflit n'aurait pas eu lieu.

Comme le jour baissait, Alex renonça à accomplir le tour des fermes qu'il avait projeté.

— Nous serons mieux devant la cheminée, et j'ai envie de boire un verre. Pas toi ?

J'acquiesçai, soulagé. J'en avais assez de la grisaille, du froid, sans compter le vent qui s'était levé. Nous regagnâmes le manoir où John nous accueillit avec son empressement habituel.

— Le feu est allumé dans le petit salon bleu, Monsieur. J'ai pensé que...

— Ce sera parfait, John, coupa sèchement Alex.

— Je fais servir le thé, Monsieur ?

— Oui. Sans oublier le champagne.

Résigné, John s'inclina, un peu raide. Je retrouvai avec plaisir la grande cheminée de marbre blanc et les profonds canapés de velours où je m'affalai. Ces quelques heures passées au grand air m'ayant davantage épuisé que toute une journée de travail au cabinet, je vidai à moi seul une pleine théière, ainsi qu'une assiette de scones et de muffins. Comme la veille, Alex se contenta de me regarder manger tout en buvant son champagne. Il semblait d'humeur moins sombre et il me parla essentiellement de littérature.

— Je te montrerai la bibliothèque, promit-il. George était un grand amateur de livres, il m'en a donné le goût.

Vers sept heures, nous montâmes nous changer pour le dîner. Je pris une douche avant d'appeler Joyce qui était dévorée de curiosité. Elle voulut un compte rendu détaillé et j'essayai de lui décrire Donagh Castle de mon mieux mais, en pleine conversation, mon portable se coupa, à court de batterie. Je passai par le dressing pour me rendre chez Alex afin de lui emprunter le sien car, connaissant Joyce, j'avais intérêt à la rappeler au plus vite.

Au-delà du dressing, je débouchai directement sur la salle de bains d'Alexander, qui finissait de se raser.

— Désolé, Al, mon téléphone a rendu l'âme. Pourrais-tu...

— Il est là, me dit-il en désignant une tablette de marbre.

Sculptural, superbe, il était entièrement nu et très à l'aise, avec une odeur d'after-shave flottant autour de lui. Il me regarda dans le miroir, m'adressa un sourire.

— Ton costume a été nettoyé par la lingère, elle va te le rapporter. Mais si tu préfères un des miens, ne te gêne pas.

D'un geste nonchalant, il enfila sa robe de chambre et se tourna vers moi. Durant quelques instants, il m'observa d'une manière si insistante que je finis par éprouver une étrange sensation de gêne.

— Qu'est-ce que… tu mets comme eau de toilette ? bredouillai-je pour rompre le silence.

Joyce m'avait plusieurs fois fait la réflexion : « Alex porte un parfum divin ! »

— *Jaïpur*, répondit-il. Tu aimes ?

Son regard clair ne me lâchait pas et demeurait énigmatique. Il y eut un autre silence, encore plus embarrassant.

— Merci pour le téléphone, murmurai-je avant de battre en retraite.

Une fois dans ma chambre, j'allai me planter devant l'une des fenêtres mais, au-dehors, l'obscurité et le brouillard noyaient tout le paysage. D'où m'était donc venue cette stupide impression de… De quoi, grands dieux ? De confusion ? D'angoisse ? Pourquoi ?

Alexander était si discret quant à ses préférences que la plupart des femmes de son entourage – les secrétaires du cabinet les premières – lui faisaient les yeux doux. De mon côté, je le considérais simplement comme un ami, et le couple qu'il formait avec Dimitri, si atypique qu'il soit, ne me choquait pas. J'y prêtais d'autant moins attention qu'Alexander, loin de rechercher le contact physique, installait une distance entre lui et le reste du monde. Alors, pourquoi son regard venait-il de me perturber ? Certes, nous n'avions pas l'habitude de l'intimité, lui et moi. À Londres, je n'avais pas eu l'occasion de le voir nu ou de m'habiller devant lui, mais cela n'aurait jamais dû constituer un problème.

Je finis par rappeler Joyce, avec qui j'écourtai la conversation, n'éprouvant plus le même plaisir à lui parler de Donagh ou d'Alex. Elle me recommanda de l'embrasser pour elle et je la quittai après lui avoir répété que je l'aimais.

La lingère me rapporta mon costume, ainsi que ma chemise fraîchement repassée, et je me contentai de choisir dans le dressing d'Alex l'une de ses innombrables cravates.

Lorsque je descendis, John m'attendait au pied de l'escalier d'honneur pour me conduire vers l'aile ouest, que je n'avais pas visitée jusque-là.

— M. le Comte est ici, Monsieur, murmura-t-il en m'ouvrant une lourde porte.

La bibliothèque dans laquelle je pénétrai était monumentale, haute de deux étages, avec plusieurs escaliers de bois desservant une galerie qui courait le long des murs couverts de reliures anciennes. Au centre, de longues tables tendues de cuir fauve se suivaient, chargées d'un certain nombre de livres ouverts. Tout au fond, près d'une impressionnante cheminée de bois sculpté, six gros fauteuils étaient flanqués chacun d'un guéridon supportant une lampe bouillotte. Naturellement, il régnait ici un froid polaire.

Lady Annabel se tenait debout devant le feu, un verre à la main. Elle parlait à la gouvernante, Elizabeth, tandis qu'Alex préparait des cocktails sur une table roulante.

— Veux-tu essayer ? me proposa-t-il en désignant le shaker.

Sans se soucier de ma réponse, il versa un liquide épais au fond d'une coupe, rajouta du champagne et deux cerises à l'eau-de-vie.

— Je viens de l'inventer, je trouve ça délicieux.

Le goût était plutôt corsé, pas désagréable du tout. Une seconde, je croisai le regard d'Alex, qui n'exprimait rien d'autre qu'un intérêt amical.

*

Mark n'a pas l'air de se rendre compte de la chance qu'il a, je donnerais n'importe quoi pour être à sa place ! D'abord, j'adore les châteaux, j'ai gardé pour eux une fascination d'enfant. À défaut de prince dans un palais – le genre de sujet dont nous régalons nos lecteurs presque chaque semaine –, un comte dans un manoir me suffit amplement. L'an dernier, Alexander m'a montré un album de photos prises à Donagh Castle, et ça ressemble à l'idée que chacun se fait du paradis sur Terre. Lui prétendait qu'avec son grand-père, c'était plutôt l'enfer, mais dorénavant il va pouvoir en profiter et j'espère qu'il nous invitera souvent, Mark et moi, à partager son conte de fées.

L'amitié qu'Alex nous témoigne a chamboulé notre vie, j'en arrive à me demander comment nous faisions pour nous amuser avant de le connaître. Même au journal – cet hebdo très *people* pour lequel je travaille – mon prestige a considérablement augmenté depuis que j'ai accès aux soirées les plus privées de la capitale. C'est une petite vanité sans conséquence, mais j'adore faire enrager mes collègues en leur agitant sous le nez de prestigieux cartons d'invitation. Dans les mondanités, il est beaucoup plus facile de bavarder avec une personnalité en vue lorsqu'on est du côté des invités que si l'on est parqué avec les autres journalistes. Ainsi ai-je pu obtenir quelques interviews exclusives, qui m'ont valu la considération de mon rédacteur en chef.

Quand Alexander a engagé Mark, j'ai eu du mal à y croire. Son cabinet était le dernier sur notre liste, parce que le plus improbable : entrer chez Leander & Co. tenait de la gageure, et à vingt-cinq ans Mark ne pouvait y prétendre sérieusement. Néanmoins il s'était présenté, et avait décroché la timbale. Parce qu'il était à moitié français ? Qu'il avait fréquenté de prestigieuses universités à Paris ? En tout cas, il avait sauté sur l'occasion, éperdu de reconnaissance, très impressionné par Alexander et ses associés, prêt à se donner à fond. Ce qu'il fait depuis, car, même s'il est d'une extraordinaire gentillesse, Alex est aussi un bourreau de travail et Mark ne veut pas le décevoir.

En rencontrant Alexander, je suis tombée sous son charme. Impossible d'y échapper, il ferait craquer n'importe qui, jeune ou vieux, homme ou femme. Sa séduction est un mélange subtil d'élégance, de mystère, d'autorité naturelle et d'extrême sensualité. Dès qu'il parle, les autres se taisent. S'il entre dans un lieu public, les gens tournent la tête vers lui. Quand il regarde quelqu'un, il le fait fondre. Partout où il passe, il est l'objet de toutes les convoitises. Non seulement il est beau, brillant, drôle, mais de surcroît il semble dominer le monde... et s'en excuser. Comme l'écrivait assez justement Scott Fitzgerald : « Les gens très riches sont différents de vous et moi. »

Pour être franche, Alexander me subjugue. Depuis que je connais Mark, Al est même le premier homme que je désire, tout en le supposant inaccessible. Pourtant, je ne suis pas absolument certaine qu'il ignore l'attrait des femmes. Entre nous deux, c'est une sorte de jeu, pas vraiment interdit et donc assez troublant.

Mais je connais les limites à ne pas franchir, et puis il y a Dimitri... La première fois que je l'ai vu, j'ai été fascinée par sa grâce et sa fragilité. Un morceau de cristal près de se briser. Tout en nerfs, en muscles, il a été créé pour danser et le public ne s'y trompe pas, lui réservant un triomphe où qu'il se produise. Il y a quatre ans, quand il a interprété *Le Jeune Homme et la Mort*, les critiques l'ont porté aux nues et il est devenu la coqueluche des amateurs de ballet. Depuis, sa gloire n'a cessé de grandir, dépassant le cercle élitiste pour toucher le grand public soudain friand de l'univers fantasmatique de la danse. Dimitri, bien que capable de tous les excès, est d'ordinaire un garçon silencieux, plutôt introverti et mélancolique, dont le regard ne s'anime que lorsqu'il parle d'Alexander. Pour un observateur extérieur, leurs rapports sont très difficiles à décrypter. A priori, Dimitri a trouvé son dieu, mais Alex ne lui renvoie pas la balle sur ce terrain-là. D'ailleurs, Alexander ne tient aucun rôle, il se contente d'être lui-même, et sans doute provoque-t-il de tels ravages à son corps défendant.

Ils ne sortent presque jamais ensemble et Dimitri descend rarement participer aux fêtes que donne Alex. Il passe le plus clair de son temps au dernier étage de la maison, où il s'est installé une sorte d'appartement, avec une salle de danse dans laquelle il répète durant des heures. Une fois, je suis montée bavarder avec lui tandis qu'il terminait ses exercices d'échauffement, et la dureté de son entraînement m'a frappée. Pour s'assouplir, il se met à la torture. Je l'ai vu grimacer, ruisselant de sueur, à bout de souffle, mécontent de lui-même, exigeant toujours plus d'un corps qu'il discipline à outrance. Être le meilleur, c'est ce qu'il veut – et il l'obtient. Mais combien de temps parviendra-t-il à se maintenir au sommet ? Je lui ai demandé pour qui ou pour quoi il dansait, et avec son sourire d'archange il m'a simplement répondu : « Alexander, bien sûr. »

Ce week-end solitaire m'agace, Mark me manque. J'en profite pour me faire un masque à l'argile, déambulant dans la maison affublée d'un vieux sweat-shirt informe. Généralement, le dimanche matin, nous prenons un énorme breakfast qui se termine par un câlin, et pour ces occasions je dispose d'une série de déshabillés hollywoodiens du plus bel effet. Mark prétend qu'il s'en moque, que je pourrais tout aussi bien porter un pagne, mais je n'en crois rien.

Dans notre petite maison de Pimlico, dénichée par chance et achetée à crédit, nous ne nous retrouvons qu'assez tard le soir, tout au long de la semaine. À tour de rôle, l'un de nous passe chez le chinois ou l'indien, effectue parfois une razzia dans un supermarché Tesco Metro, et on pique-nique en se racontant nos journées. Mark sait écouter, c'est l'une de ses nombreuses qualités. Il est facile à vivre, toujours de bonne humeur, et sans doute conservera-t-il très longtemps son allure de jeune homme sage, qui cache un sacré tempérament.

*

Le dîner semblait interminable, malgré les efforts de lady Annabel pour maintenir la conversation. Des huîtres, une terrine de maquereau, des soles, une tourte au mouton et un rôti de sanglier s'étaient succédé, mais, quels que soient les talents de la cuisinière, il était hors de question d'ingurgiter autant de plats.

Alexander n'avait fait que grignoter, par politesse, et, pour tromper son envie de fumer, il buvait. De temps à autre, il adressait un sourire artificiel à sa mère, ou bien coulait un regard de vraie tendresse en direction de la gouvernante qui avait été conviée à notre table. Avec soin, ils évitaient tous trois de parler de George Leander, comme s'ils avaient tout dit la veille et qu'il ait été désormais inconvenant d'évoquer le défunt à table.

Après les tartes et les sorbets, lady Annabel donna enfin le signal en se levant. Comme il était presque onze heures, elle prit congé dans le vestibule.

— Al chéri, à quelle heure comptes-tu partir, demain ? Ce serait merveilleux si vous restiez au moins déjeuner...

Il me consulta du regard avant d'accepter, puis il précisa qu'il irait la voir chez elle durant la matinée, afin de régler quelques détails. Cette idée parut la contrarier et elle pinça les lèvres, mais sans émettre le moindre commentaire.

— Un cigare, Mark ? proposa-t-il alors en m'entraînant vers le fumoir.

Le café venait d'y être servi, devant un bon feu. D'autorité, Alex saisit une carafe de cristal et me versa un digestif.

— Je déteste ce genre de repas, ce gâchis de temps et d'énergie, toute cette façon de vivre obsolète ! s'exclama-t-il d'un ton exaspéré. Désolé de t'imposer ça, en plus du reste...

Il se laissa tomber dans le fauteuil voisin du mien, les yeux rivés sur les flammes. Puis, au bout d'un très long moment, il murmura :

— Tu es fatigué ?

— Non, mentis-je.

Je supposais qu'il avait encore besoin de parler, ou simplement de profiter d'une présence amicale, le temps de griller quelques cigarettes et d'écluser quelques verres d'alcool.

— Es-tu un homme heureux, Mark ? me demanda-t-il de façon abrupte.

— Heureux ? Oui, sans doute... J'aime Joyce, j'adore mon métier, rien ne me manque.

— Pas même des enfants ?

— Oh, c'est un peu tôt ! Dans trois ou quatre ans, nous y songerons, mais pour l'instant nous pensons plutôt à nos carrières.

— En somme, ton avenir est tout tracé ?

— Je l'espère.

— Comment peux-tu dire ça ? N'as-tu donc aucune fantaisie ?

— L'avenir est une affaire sérieuse, Alex.

— Non, bien sûr que non !

Il protestait pour la forme car personne n'était aussi sérieux que lui. Si une partie de son talent d'avocat résidait dans son indiscutable éloquence, l'autre était constituée d'une rigueur absolue.

— Si j'ai bien compris, tu te vois devenir un père de famille comblé, tout en étant un mari exemplaire ? insista-t-il.

— Pourquoi pas ? Il y a des choses pires que celles-là, non ?

— Et des choses moins conventionnelles, Dieu merci !

— Tu finiras marié aussi, Al, c'est du moins ce que tu m'as annoncé hier.

— Cette union-là n'aura pas valeur d'exemple, soupira-t-il.

Donc, il y était vraiment décidé, pour honorer sa promesse à George Leander, et je lui posai alors la question qui me brûlait les lèvres depuis la veille :

— As-tu déjà eu des aventures avec des femmes ?

— Naturellement. Et toi, avec des hommes ?

Interloqué, je restai muet. Il ne faisait que me retourner mon indiscrétion, transgressant pour une fois les lois de l'éducation qu'il avait reçue, mais sa curiosité me mit très mal à l'aise.

— Non, répondis-je enfin.

C'était presque vrai. Gamin, tandis que j'étais en pension, j'avais partagé une amitié ambiguë avec l'un de mes camarades de dortoir, mais, à cette époque-là, je ne savais pas grand-chose du désir et nos tentatives maladroites étaient demeurées sans suite. Je n'y avais plus jamais pensé depuis, toutefois je m'aperçus que je me souvenais parfaitement du visage et du prénom de ce garçon.

Relevant les yeux vers Alexander, je le surpris en train de m'observer d'un air amusé.

— Rien qui mérite d'être raconté, murmurai-je, persuadé qu'il avait deviné mes pensées.

De nouveau, comme un peu plus tôt dans sa salle de bains, je fus embarrassé par son regard pénétrant. Le silence parut s'éterniser, puis Alex quitta son fauteuil et nous resservit du cognac. Sans doute allait-il falloir que je me mette à l'eau durant plusieurs jours pour oublier tout ce que j'avais bu à Donagh.

— Parle-moi de la France, me dit-il soudain. Je ne connais que Paris…

— Non ? ! Tu n'as jamais pris un ferry pour aller te promener en Normandie ?

— Un ferry ?

L'idée devait lui sembler absurde, bien sûr. Son grand-père avait sans doute mis de tout autres moyens de transport à sa disposition lors de ses voyages.

— Durant mes six dernières années d'études, expliqua-t-il, George m'a expédié plusieurs fois à New York, à Séville, à Florence et à Paris. C'était lui qui décidait de la destination, et j'avais intérêt à faire un compte rendu détaillé à chaque retour. Il avait des relations un peu partout dans le monde, ou au moins des correspondants. Arrivé sur place, j'étais généralement pris en charge par un mentor.

— Seigneur Dieu ! Tes voyages se réduisaient à l'étude ? Avais-tu donc si peu de liberté ?

— Disons… Une toute petite marge de manœuvre.

— Et où descendais-tu lorsque tu allais à Paris ?

— À quinze ans, j'ai passé trois semaines chez des gens charmants qui habitaient un hôtel particulier boulevard Saint-Germain. Ils m'ont piloté dans le Quartier latin, m'ont fait visiter des monuments, des musées… La fois suivante, j'avais dix-huit ans et une chambre retenue à l'Hôtel George-V. J'en ai profité pour m'intéresser de près à la vie nocturne des Parisiens. C'était plus drôle, mais beaucoup moins instructif d'un point de vue culturel, et George n'a pas du tout apprécié la brièveté de mon récit de voyage !

À ce souvenir, il se mit à rire, comme si le fait d'avoir subi un grand-père despotique n'était finalement pas si terrible.

— New York était une concession de sa part, précisa-t-il. Pas à moi, évidemment, mais à nos alliés de toujours. En revanche l'Europe, berceau de la civilisation, méritait d'après lui toute mon attention. Nous avons eu des conversations passionnantes à ce sujet. Car vois-tu, Mark, les meilleurs moments que j'ai passés avec George ont eu lieu dans ce fumoir, ou dans la bibliothèque. Il parlait d'art comme personne et voulait que je lui donne la réplique. Je me souviens d'un affrontement épique à propos de Beethoven, à la fin duquel je me suis incliné, par habitude. Pas par politesse, mais parce qu'il m'avait vraiment convaincu. Il était très persuasif, il argumentait de façon magistrale... Je suis certain qu'il finira par me manquer !

Il lui manquait déjà, c'était évident. Mais, ainsi qu'il me l'avait précisé, il n'avait eu personne d'autre à aimer.

Dans la cheminée, une bûche s'effondra, provoquant une multitude d'étincelles. Plus rapide qu'Alexander, je me levai pour aller arranger le feu. L'atmosphère de la pièce était indiscutablement agréable, on devait pouvoir y bavarder en oubliant la notion du temps. Après avoir remis en place le tisonnier, je me dirigeai vers une série de petits cadres placés sur l'abattant d'un bureau-scriban. Il s'agissait de photos représentant différents groupes d'élèves en uniforme.

— Fin de scolarité à Harrow, remise de diplômes à Cambridge, commenta Alex derrière moi.

En me penchant sur les clichés, j'essayai de le reconnaître au milieu de ses condisciples et j'y parvins presque immédiatement. Adolescent, puis tout jeune homme, il avait le même regard limpide, le même sourire charmeur.

— À Harrow, tu n'as pas l'air malheureux, fis-je remarquer.

— Pourtant, les enseignants n'étaient pas précisément des comiques ! Et, arrivé au mois de juin, je savais que ce qui m'attendait ici ne serait pas désopilant non plus. Mais le photographe n'y était pour rien, n'est-ce pas ? Autant lui sourire...

Je me tournai vers lui et surpris une expression ironique sur son visage. Je constatai aussi que son verre, posé en équilibre sur le bras du fauteuil, était de nouveau vide.

*

Trois heures du matin et je ne parviens toujours pas à dormir. C'est souvent le cas après un spectacle. Hier soir, la salle archicomble nous a fait une véritable ovation, mais c'était un bon public de samedi soir, exempt de snobisme et ne boudant pas son plaisir. Or toute la troupe a dansé à la perfection, Kate elle-même était plus légère qu'une plume entre mes bras. Nous avons vraiment connu l'état de grâce dans le pas de deux.

Aucune nouvelle d'Alex, bien entendu. En quittant le théâtre, il y avait une foule d'admirateurs qui battaient le pavé devant la sortie des artistes, et parmi eux des amis très désireux de m'emmener souper, si bien que j'ai dû invoquer la fatigue pour pouvoir rentrer et me retrouver seul chez moi.

La compagnie de taxis à laquelle je suis abonné m'envoie presque toujours le même chauffeur, un type adorable qui est fanatique de ballets. Je lui ai donné deux invitations, et il m'a remercié tout le long du chemin jusqu'à Mayfair.

Sans Alexander, la maison est désespérément vide. Au sous-sol, dans cette cuisine high-tech où il ne met jamais les pieds, j'ai fini par me préparer une omelette, avec un pamplemousse pressé. En remontant, je me suis arrêté au premier étage. Le domaine d'Alexander : sa chambre, son bureau où il travaille des dimanches entiers sans mettre le nez dehors, peaufinant ses dossiers. Au début, je venais parfois l'y surprendre, mais il m'a fait rapidement comprendre qu'il a horreur d'être dérangé dans son antre. L'odeur de ses cigarettes blondes se mêle au parfum de l'encens qu'il fait si souvent brûler. Assis dans son fauteuil tournant, je regarde son stylo en or, abandonné sur le sous-main.

Pourquoi nos routes se sont-elles croisées ? Quel dieu pervers me l'a envoyé, transformant ainsi chaque heure de ma vie en supplice ?

Dès le début, il a tracé entre nous une frontière infranchissable. La première nuit, il est parti avant l'aube, et pendant plusieurs jours je n'ai pas su si j'allais le revoir. Une semaine plus tard, il m'a envoyé au théâtre un dessin original de Gainsborough, livré par un coursier de chez Christie's et accompagné de sa carte de visite... sur laquelle il n'avait strictement rien écrit. Ce même soir, après la représentation, il est venu me féliciter dans ma loge et m'a emmené dîner. Tout au long du repas, il m'a interrogé sur ma vie en Russie, curieux d'en apprendre davantage à mon sujet que ce que racontent les journaux. En sortant du restaurant, il m'a seulement dit : « Chez toi ou chez moi ? »

Durant des mois, je ne l'ai vu que par intermittence. Chaque fois que j'allais vraiment trop mal, il surgissait comme par miracle. À un moment, j'ai réalisé que ce n'était plus ma propre existence qui me maintenait en état de dépression, mais uniquement son absence. Il m'était devenu nécessaire car lui seul pouvait calmer mes angoisses, or je me torture à longueur de temps, comme tous les artistes et les gens déracinés.

Une nuit, alors que nous étions au Heaven, où j'avais réussi à l'entraîner malgré sa répulsion pour les boîtes gay, nous avons été piégés par un photographe. L'article est sorti quelques jours plus tard, et je me suis dit que je ne reverrais jamais Alexander. Ainsi que je le craignais, je n'ai pas eu de ses nouvelles pendant près de un mois, n'osant pas l'appeler moi-même et m'enfonçant dans un désespoir sans nom. Et puis un jeudi, à l'issue d'une répétition, je l'ai trouvé en train de m'attendre devant le théâtre, négligemment appuyé contre sa Jaguar. Il m'a raconté qu'il avait été très occupé à son cabinet, qu'il était allé plaider à Manchester, et qu'en plus il avait dû régler une affaire de famille dans le Devon. Je ne l'ai pas cru, parce qu'à ce moment-là je ne savais pas grand-chose de lui. Comment aurais-je pu deviner que son grand-père n'avait pas supporté la photo prise au Heaven ? Je lui en voulais tellement de son silence, de son indifférence, que j'aurais donné n'importe quoi pour avoir le courage de l'envoyer au diable. Au lieu de quoi je l'ai accompagné dans un restaurant japonais avant de le ramener chez moi. Mon appartement était dans un désordre indescriptible qui a paru le choquer. « Je ne te ferai pas l'amour dans cette porcherie », a-t-il déclaré posément. Alors j'ai craqué. Je me suis mis à tout casser – vaisselle sale et cendriers pleins – en hurlant qu'il me rendait fou, qu'il me détruisait. Il a attendu la fin sans sourciller puis, une fois le silence revenu, il m'a signifié, toujours aussi calme, que c'était la première et la dernière scène que je lui faisais.

Cette nuit-là, j'aurais dû comprendre. Il ne m'aimait pas, il me tiendrait toujours en respect, je n'avais rien à espérer de lui. Mais, contre toute attente, il a dit : « Tu ne peux pas rester là, Dimitri. Viens vivre chez moi si tu veux. » Mon Dieu ! Pourquoi ai-je cru que j'allais entrer directement au paradis ?

*

Presque tout le chemin du retour, Alexander conduisit en silence. Il prit l'autoroute à Bridgewater et nous regagnâmes Londres en passant par Bristol. Il avait branché une radio classique qui diffusait un concerto de Mozart, mais la musique ne semblait pas l'apaiser.

Le déjeuner avait été pénible. Les yeux gonflés, très pâle, lady Annabel s'était contrainte à ignorer Alexander, évitant de lui répondre ou même de le regarder alors qu'il multipliait les prévenances à son égard. Leur explication matinale avait dû être orageuse, il était resté enfermé deux heures avec elle, au pavillon, tandis que j'explorais les richesses de la bibliothèque.

En prenant congé de nous, sur le perron de Donagh, elle s'était adressée à moi seul en murmurant :

— Il faudra revenir, Mark, au printemps le parc est magnifique... Je vous souhaite une bonne route.

À deux pas d'elle, Alex lui avait jeté un regard d'une tristesse pathétique, qui m'avait fendu le cœur, mais elle s'était détournée.

Bien entendu, il pleuvait encore lorsque nous montâmes en voiture. C'était l'un des mois de novembre les plus atroces qu'il m'ait été donné de voir. À la hauteur de Reading, Alex s'arrêta dans une station-service pour faire le plein d'essence, et, tout le temps qu'il mit à remplir le réservoir, il supporta l'averse sans paraître s'apercevoir que l'eau lui coulait dans le cou. Songeait-il à sa mère, à leurs retrouvailles ratées ?

Quand nous atteignîmes les faubourgs de Londres, il ne prit la parole que pour m'entretenir du dossier Benton, s'en tenant à des remarques purement professionnelles.

Alors qu'il s'arrêtait devant chez moi, Cumberland Street, je lui proposai de venir embrasser Joyce, et il finit par dénicher une place où se garer. La petite maison de briques que nous habitions, ma femme et moi, non loin de la Tamise, était modeste d'apparence mais très confortable. Étroite, elle comportait trois niveaux et s'agrémentait à l'arrière d'un minuscule jardin où Joyce tentait de faire pousser toutes sortes de plantes aromatiques.

Dès qu'elle nous entendit entrer, ma femme dégringola l'escalier et se précipita sur moi. Sans la moindre gêne, elle m'embrassa comme si elle ne m'avait pas vu depuis des mois, puis elle se suspendit au cou d'Alexander.

— Comment vas-tu, Al chéri ? Pas trop pénible, cet enterrement ? J'espère que Mark t'a transmis mes condoléances ? Tu as une mine épouvantable…

Débordant d'affection, elle lui passa la main dans les cheveux puis le serra dans ses bras.

— Reste avec nous, j'ai préparé le thé.

— Tu es gentille, merci, mais je vais vous laisser. Il faut que je rentre.

— Non ! protesta-t-elle d'un air déçu. Tu as bien cinq minutes ?

Appuyée contre lui, elle paraissait toute petite. Il se pencha au-dessus d'elle, lui déposa un baiser léger sur la tempe.

— Je ne peux pas, Joyce. J'ai trop de travail.

S'écartant d'elle, il m'adressa un regard amical, presque complice, et nous souhaita une bonne soirée.

À peine fut-il parti que Joyce me poussa dans le salon, avide de m'entendre décrire les splendeurs de Donagh. Mais je n'avais pas envie de bavarder, c'était elle que je désirais avant tout et je la repris dans mes bras.

*

Il n'y a qu'à voir sa tête pour comprendre qu'il n'est arrivé à rien. Je fais parfaitement la différence entre son chagrin d'avoir perdu son grand-père et la frustration qui le mine.

Ces deux jours passés près de Mark l'ont mis à cran pour la simple raison qu'il n'a pas osé, j'en mettrais ma main au feu. Or, avec Mark, il ne va pas suffire d'un regard appuyé ou d'une simple allusion ! Alexander avance en terrain miné et il le sait.

J'ai essayé de lui parler, mais il se réfugie derrière les problèmes que lui pose sa mère, les difficultés qui l'attendent dans la gestion de son domaine, sans oublier le retard accumulé dans ses dossiers depuis jeudi. Il énumère sans rien expliquer, aussi laconique qu'à son habitude. J'ai envie de lui dire que je le plains, pourtant c'est faux, je préfère mille fois le savoir malheureux plutôt qu'heureux grâce à un autre.

Puisqu'il a emporté sa tasse de thé dans son bureau, sans m'accorder la moindre attention, je suis remonté jusqu'à la salle de danse, nichée sous les toits, où j'ai travaillé comme un forcené : l'effort me sert d'exutoire. J'ai tellement répété chaque geste, chaque pas, qu'à présent mon corps n'obéit plus. Trempé de sueur, à bout de souffle, j'ai fini par m'asseoir à même le sol pour récupérer. J'adore cette grande salle vide dont je parviens parfois à occuper tout l'espace. Lorsqu'il l'a aménagée pour moi, Alexander a fait poser une épaisse couche d'isolant sous le parquet, ainsi que derrière les miroirs qui recouvrent les murs ; quant à la porte, elle est capitonnée, et les lucarnes sont équipées de doubles vitrages. En principe, je peux mettre la bande musicale à fond ou travailler mes entrechats la nuit durant, je ne dérange personne.

Alexander reçoit beaucoup, mais je ne me mêle pas à ses dîners ou à ses fêtes. Ses amis sont comme lui, intelligents et froids, usant d'un humour que je ne comprends pas. Pour moi, la fête, ce serait rester en tête à tête avec lui, boire de la vodka en me perdant dans son regard, attendre qu'il s'approche enfin...

Je devrais aller prendre une douche. Il peut très bien monter jusqu'ici, ça lui arrive encore. S'il vient, il ne dira rien, mais je saurai deviner ce qu'il veut.

À quoi pense-t-il, deux étages plus bas ? À ce dérisoire titre de comte qu'il porte désormais ? Non, il ne parle jamais de tout ce qui ferait l'orgueil d'un autre à sa place, n'éprouve pas le besoin d'y faire référence, il *est* désespérément un aristocrate. Songe-t-il à Donagh, ce lieu occulte de sa jeunesse où il ne veut pas m'emmener ? Moi, s'il acceptait de m'y suivre, je le conduirais volontiers dans les faubourgs de Saint-Pétersbourg. Avec lui, j'aurais le courage de revoir cette ville magique où j'ai pourtant crevé de faim. Je lui montrerais les ponts dressés à la verticale dans la nuit, comme des étendards lumineux sur la Neva, les somptueuses façades lézardées de ce décor de théâtre qui compte à peine trois siècles d'histoire, les palais improbables, les églises auxquelles les Soviétiques eux-mêmes n'ont pas osé s'attaquer, l'île aux Lièvres et le Cavalier de bronze... Mais aussi les appartements communautaires où l'on s'entasse en claquant des dents, la corruption et la bureaucratie omniprésentes. Les gamins qui mendient pieds nus sur des trottoirs couverts de glace avant de sombrer dans la délinquance qui les conduira à Lebedeva, cette geôle pour enfants plantée au cœur de la ville... Et pour finir, je lui ferais vivre une des nuits blanches de Saint-Pétersbourg, avec ces aubes qui se lèvent juste après le coucher du soleil, sans jamais laisser s'éteindre l'or des coupoles.

J'ai raconté mon enfance à Alexander, la misère noire, les sacrifices, les douze heures de travail quotidien à la barre. Dès les premiers succès, un claquage avait failli me renvoyer à la case départ ou, pire, au néant. Ensuite, les piqûres, l'angoisse des rechutes, la souffrance qu'on tait, les dents serrées. Et la peur, tout le temps. Quadrille, coryphée, sujet : le chemin est si long avant d'être une étoile ! Plus souvent qu'un pur bonheur, la danse est pour moi, depuis le début, une punition.

Les confidences que j'ai pu faire à Alex l'ont toujours trouvé attentif, bouleversé, mais sa compassion me hérisse, elle est si éloignée de l'amour !

L'heure de dîner est passée depuis longtemps. A-t-il demandé au vieux Stan de lui monter un plateau ? Oui-Monsieur, bien-Monsieur, Stan ne sait rien dire d'autre, entièrement dévoué à son maître. Les Leander avaient-ils attribué Stan à Alexander dès sa naissance ? Ils l'avaient bien inscrit, âgé de quelques mois à peine, dans les grandes écoles qu'il devrait fréquenter plus tard. Cet avenir de l'héritier unique, programmé dès le premier jour, a un côté malsain. Malsain, aussi, le huis clos auquel on l'a contraint face à un homme trop âgé et trop exigeant.

Tout à l'heure, je descendrai à la cuisine. Sans appétit, je ferai cuire de la viande maigre et des légumes, ensuite je m'obligerai à m'asseoir pour manger seul sous les spots halogènes, en mâchant lentement, parce que je n'ai pas le droit d'affamer mes muscles, je le paierais trop cher.

Alexander ne viendra pas me rejoindre. Il doit se consumer en pensant à Mark. Et se mépriser de ne pas avoir osé se déclarer. Du fond de son tombeau, c'est son grand-père le responsable, lui qui a façonné Alexander de telle sorte qu'il ne puisse pas exprimer ses sentiments, empêtré dans son éducation, soumis à d'absurdes règles non inscrites, assujetti à un code d'honneur périmé qui l'empêchera toujours de plaquer Mark contre un mur par surprise et de lui mettre la main entre les jambes.

*

Le lundi matin, je me retrouvai au cabinet à sept heures, alors que tous les bureaux étaient encore déserts. Le dossier Benton contre Smith faisait au moins quinze centimètres d'épaisseur, mais je décidai de reprendre un par un les éléments de notre défense, les témoignages, bref tout ce qui faciliterait la tâche du *barrister* qu'Alexander avait choisi.

Petit à petit, les secrétaires arrivèrent, puis les stagiaires, et enfin les avocats, cependant je ne levai pas le nez de mon travail. Finalement, ce fut Alexander en personne qui vint déposer un gobelet de café devant moi.

— Tu as bientôt terminé ? demanda-t-il en s'asseyant à moitié sur mon bureau.

Il portait un costume d'alpaga bleu sombre, admirablement coupé, une chemise blanche et une cravate à rayures.

— J'ai les yeux qui se croisent mais, oui, j'ai fini, sauf la dernière page. Je te la confie. Il faudrait vraiment une malchance incroyable pour que ce soit celle-là qui contienne un vice…

Ironique, il prit la feuille, la lut, sourcils froncés, avant de la reposer sur la pile.

— J'emporte le tout, décida-t-il. Je vais y jeter un coup d'œil avant de recevoir mes clients.

Sa remarque était un peu agaçante, cependant il vérifiait presque toujours le travail de ses collaborateurs. Si j'avais laissé passer quelque chose, il viendrait me le faire savoir en fulminant.

Pendant le reste de la journée, j'essayai de combler mon retard en mettant plusieurs dossiers à jour. À trois reprises, je me rendis dans notre salle d'archives, qui nous servait aussi de bibliothèque. Il devait être près de sept heures lorsque j'y rencontrai Alexander, plongé dans un volume de loi commune. Il était installé à l'une des tables et je reconnus avec effarement le dossier Benton contre Smith éparpillé devant lui.

— Y a-t-il un problème, Alex ? demandai-je en me penchant au-dessus des feuillets en désordre.

— Non, aucun.

Soulagé de ne pas être responsable d'une erreur ou d'un oubli, je m'assis face à lui.

— Dis-moi ce que tu cherches et je te le trouverai, proposai-je.

Au lieu de me répondre, il murmura :

— Je crois que je vais demander une autorisation pour plaider moi-même. Je veux gagner ce procès, Mark.

Son regard brillait, il avait vraiment un instinct guerrier dès qu'il s'agissait d'affaires, et il profitait au maximum de la récente législation qui lui permettait de représenter lui-même ses clients devant les tribunaux, y compris les juridictions supérieures. Chaque fois qu'il le faisait, il se montrait d'une éloquence confondante, et certains associés du cabinet se rendaient à ces procès comme au spectacle.

Refermant le livre qu'il était en train de consulter, il se leva.

— Avez-vous des projets pour la soirée, Joyce et toi ?

— Pas que je sache.

— Alors je vous invite à la brasserie Bombay, j'ai envie de cuisine indienne. Si Joyce est partante, passe-moi un coup de fil et on se retrouvera vers neuf heures.

J'aurais préféré me coucher tôt, mais je savais que Joyce allait sauter de joie : elle raffolait du *tandoori* ou du *lamb roganjosh* qu'ils faisaient là-bas.

Lorsque nous rejoignîmes Alex – nous étions un peu en retard à cause de Joyce qui avait changé dix fois de tenue –, il sirotait déjà un cocktail. Dimitri n'était pas avec lui – pourtant il ne dansait pas le lundi –, mais Alex ne nous donna aucune explication sur son absence.

La décoration coloniale de la brasserie était délirante. Meubles en rotin, moquette moelleuse, plantes tropicales, rien ne manquait, pas même les grands ventilateurs au plafond, et on s'attendait presque à trouver Humphrey Bogart au bar. Assise entre nous deux, Joyce nous régalait avec les derniers potins de son infâme journal, faisant rire Alexander aux éclats. J'aurais pu prendre ombrage de la familiarité avec laquelle elle le câlinait et piochait dans son assiette, d'autant plus que, à bien les observer, c'était elle qui se penchait vers lui, qui posait sa main sur son bras, et jamais l'inverse. L'idée m'effleura qu'il l'attirait pour de bon. L'affection qu'elle lui manifestait ouvertement dissimulait-elle du désir ? Je ne les croyais pas capables de trahison, ni l'un ni l'autre, mais peut-être Joyce jouait-elle avec le feu. Alors que je commençais à ressentir un peu d'inquiétude, Alex se tourna vers moi. Son sourire était d'une gentillesse si désarmante que je regrettai aussitôt mon stupide sentiment de jalousie. Ne pouvais-je donc pas me réjouir de leur gaieté ?

Nous en étions arrivés au moment des glaces – dont le Bombay proposait une incroyable carte –, et il ne devait pas être loin de minuit lorsque Dimitri s'arrêta devant notre table. Il était, comme toujours, habillé à la toute dernière mode, dans un ensemble de cuir bleu pétrole. Avec son visage d'ange, sa silhouette de félin, son regard sombre et habité, il ne risquait pas de passer inaperçu. Chaque fois que je le rencontrais, j'éprouvais la même impression de malaise, persuadé qu'il me détestait sans comprendre pourquoi. Il m'adressa un signe de tête boudeur, puis embrassa Joyce qui s'écarta pour lui faire une place.

— Tu as changé d'avis ? s'enquit Alexander d'un ton plutôt froid.

— Je m'ennuyais à mourir au Coleherne, répondit-il sans le regarder.

— Forcément.

Le Coleherne était un pub homo particulièrement bruyant et enfumé, où régnait une ambiance assez malsaine. Le genre d'endroit qu'Alex n'aurait fréquenté pour rien au monde.

— Tu n'as pas dîné, j'imagine ?

La présence de Dimitri paraissait l'agacer, et j'en déduisis que tout n'était pas au beau fixe entre eux. Pour détendre l'atmosphère, Joyce se remit à bavarder comme une pie, mais Dimitri avait compris qu'il n'était pas le bienvenu. Il se contenta de commander du thé, s'appliquant à ne jamais tourner la tête vers Alexander.

*

Comment ai-je pu être assez stupide pour les rejoindre ? Et, déjà, pour ne pas accepter d'entrée de jeu l'invitation d'Alexander ! Parce qu'il l'avait formulée sur un ton de simple politesse, parfaitement indifférent à ma réponse ? Quand il le décide, il peut se montrer d'une froideur accablante. C'est ce qu'il a fait dans la voiture, tandis que nous regagnions Mayfair, et une fois à la maison il est resté distant au point d'en devenir odieux. Avait-il tellement envie de prolonger cette soirée ? Considère-t-il que je l'ai gâchée ? De toute façon, il verra Mark au bureau dès demain matin, il n'en est pas privé !

Je sais, je n'aurais pas dû aller traîner au Coleherne. Je n'en retire guère de plaisir, surtout sans boire ni fumer, je n'y vais que pour rappeler à Alexander mes goûts de prolétaire, mon appartenance à un autre univers que le sien, ce penchant que j'avais avant de le connaître pour les *backrooms* et leurs rencontres anonymes. Mais il s'en moque, alors à quoi bon le provoquer ? Pour l'instant, il est mobilisé par la partie qu'il a engagée contre Mark.

La baignoire est pleine et je me glisse dans l'eau trop chaude. Je prendrai ensuite une douche froide, pour compenser, mais en attendant je vais essayer de me détendre. Le parfum des huiles essentielles chasse l'odeur de shit et de sueur rapportée du Coleherne. Alexander a fini par me donner le goût du luxe, à défaut de celui de l'ordre. Dans toute la maison, chaque chose est à sa place, astiquée, brossée ou repassée par les soins du vieux Stan qui s'affaire à longueur de journée. Quand je pense au capharnaüm de mon appartement de Soho, que j'ai conservé malgré tout, je me demande de quelle manière j'y revivrai le jour où Alexander me quittera.

Cette rupture, inéluctable, m'obsède jusqu'à l'écœurement. La vie n'aura plus aucune saveur sans lui, et la danse ne suffira pas à me sauver. C'est pour lui que je lutte, lui et ce fil ténu qui me relie encore aux miens à travers les innombrables lettres que nous échangeons. Chez les Russes, la famille se compte jusqu'au dernier cousin le plus éloigné, et j'ai là-bas mille bouches à nourrir, mille rêves auxquels pourvoir.

En observant Mark, ce soir, à la brasserie Bombay, je me suis interrogé une fois de plus : qu'est-ce qu'Alexander a trouvé en lui qui n'existe pas en moi ? Il est mignon, d'accord. Cheveux noirs bien coupés, yeux verts intéressants. Pas beau à tomber par terre, loin de là, juste charmant. Un peu moins grand qu'Alex, il paraît mince mais pas fragile. Il ne s'habille ni bien ni mal. Rien d'extraordinaire ne le caractérise, sinon son léger accent français. Est-ce suffisant pour rendre fou un homme comme Alexander ?

J'ai laissé couler un filet d'eau chaude qui maintient la température du bain, et ce bruit me berce au point que je n'entends pas la porte s'ouvrir.

— C'est la Guyane, ici, déclare Alex en s'approchant.

Il s'arrête à côté de la baignoire, regarde d'abord la fenêtre et les miroirs couverts de buée. Je ne veux pas parler le premier, je ne sais pas dans quel état d'esprit il est. Lorsqu'il baisse la tête vers moi, je cesse de respirer.

— Tu vas bien, Dimitri ?

Seigneur, je hais cette sempiternelle question !

— Mieux que toi, sans doute.

— J'ai l'air si mal ? demande-t-il avec une grimace.
— Oui.
L'air fatigué, l'air malheureux, l'air d'être ailleurs : il les a tous à la fois. Alors, je tente la seule chose que je connaisse pour éviter qu'il parte, je me lève et lui mets les bras autour du cou, trempant sans remords son superbe costume d'alpaga qu'il a dû payer une fortune chez Ralph Lauren, puis je le fais basculer dans la baignoire.

*

Je n'en reviens pas et je m'en veux affreusement. Ai-je vraiment pensé à Alexander pendant que Mark me caressait ?
Mark est un mari attentionné, enthousiaste, merveilleux ! En amour, il a l'art des préliminaires, en plus il est infatigable, je raffole de ses mains expertes, de sa bouche, pourquoi diable ai-je fantasmé sur un autre ? Aurais-je besoin de pimenter nos rapports ? Serait-ce déjà l'usure du temps ? Jusqu'ici, je n'avais pourtant pas eu l'impression de ressentir la moindre lassitude. Il va falloir que je me méfie, Alex prend trop de place dans ma tête.
Bon, d'accord, j'y ai songé, mais il s'agit d'un rêve secret, comme toutes les femmes en collectionnent. Et je n'en connais aucune qui resterait de marbre à côté d'Alexander Leander Donagh !
Quand j'ai appris qu'il envisageait de se marier, d'ici quelque temps, ma façon de le regarder a dû changer sans que j'en prenne conscience. S'il veut une épouse, c'est qu'il se sent capable de s'intéresser à une femme… Aurais-je vu juste ? À propos, Dimitri est-il au courant de ce projet, et, dans ce cas, quelle a été sa réaction ? Hier soir, à la brasserie Bombay, il faisait une drôle de tête. En réalité, il ne doit pas comprendre pourquoi Alex n'est pas à ses pieds. À quoi lui sert d'être célèbre, adulé par les foules et beau comme un jeune dieu grec si Alexander l'ignore ?
Moi aussi, ce mariage m'agace, d'avance je trouve que la future élue a trop de chance. À quoi ressemblera-t-elle ? Quels

sont, aux yeux d'Alexander, les critères d'une femme de son rang ? Les quartiers de noblesse, la fortune ? Ou uniquement la capacité qu'elle devra avoir d'ignorer son penchant pour les hommes ? Et comment conciliera-t-il toutes ses vies ?

Je devrais cesser de penser à lui, je ne vois pas très bien où ça me mène. Peut-être est-il temps que je dise à Mark que j'ai envie d'un bébé ?

Mark et moi nous sommes connus un jour de soldes où nous faisions la queue à l'entrée de Harrod's. Comme toujours, on aurait dit que tous les Londoniens s'étaient donné rendez-vous là. C'était en janvier, le froid était atroce et je commençais à me demander si je n'allais pas renoncer à cette foire d'empoigne quand j'ai croisé le regard du jeune homme qui piétinait à côté de moi. Mark possède de magnifiques yeux vert émeraude pleins de lumière, dans lesquels on peut lire à livre ouvert le moindre de ses sentiments. Il ne sait pas mentir, ni même tricher, toutes ses émotions le trahissent, ce qui le rend bouleversant. Le sourire qu'il m'a adressé était celui d'un gosse émerveillé, et je n'ai pas pu m'empêcher de rire avant d'engager la conversation. Dès les premières phrases, il m'a chavirée par sa gentillesse, sa spontanéité. Il avait l'air d'avoir oublié qu'il gelait, et me contemplait comme si j'étais la seule femme de la planète. Le soir même, nous dînions ensemble, et six mois plus tard nous étions mariés.

Aujourd'hui, je suis toujours amoureuse de lui. Il continue de m'émouvoir, de me séduire, je suis heureuse de me réveiller dans ses bras chaque matin. Alors, fantasme ou pas, le moment est venu d'avoir des enfants, de fonder une famille. Il sera un père fantastique, j'en ai la certitude, inutile d'attendre davantage.

Avec une pensée émue pour ma sœur, Lindsay, qui est enceinte et qui rayonne, je jette délibérément à la poubelle ma plaquette de pilules.

*

Durant les trois semaines qui suivirent, je croulai sous le travail au cabinet. Ma secrétaire essayait de me débarrasser d'un certain nombre de corvées, mais la pile des dossiers ne diminuait pas, la liste des témoins à entendre non plus.

En première instance, Alexander avait gagné le procès Benton contre Smith et, bien entendu, la partie adverse avait aussitôt fait appel. Entre-temps, il était allé plaider une affaire horriblement compliquée à Birmingham, d'où il était revenu ravi. Même ses associés le regardaient parfois comme un extraterrestre, ahuris par son hyperactivité.

Presque chaque jour, nous déjeunions ensemble au Sweetings, d'une sole de Douvres accompagnée d'un verre de chablis. Il n'y avait là que des hommes d'affaires et, comme eux, nous continuions à travailler tout en mangeant.

Un jeudi soir où je m'étais attardé jusqu'à huit heures, décidé à liquider un cas qui me donnait du fil à retordre, Alexander entra en coup de vent dans mon bureau.

— Tu es encore là ? s'étonna-t-il.

Il tenait une feuille couverte de son écriture nerveuse.

— Je m'apprêtais à te laisser ça…

Le papier atterrit devant moi et je le parcourus en silence.

— Je suis vraiment désolé, murmurai-je.

J'avais commis une erreur de transcription, dans une recherche effectuée quelques jours plus tôt, et la note de service que me destinait Alex était plutôt sèche. En principe, il me faisait entièrement confiance, j'étais d'autant plus consterné de le décevoir qu'il serait capable de tout vérifier derrière moi dorénavant. Ne sachant qu'ajouter, je devais avoir l'air tellement piteux qu'il finit par sourire.

— Promets-moi que ce sera ton seul faux pas de l'année et je te tiens quitte, dit-il gentiment. Tu n'as rien à boire, ici ?

— Non, je n'introduis pas d'alcool en fraude au cabinet, le patron n'est pas un rigolo. J'ai juste une bouilloire et des feuilles de thé. Si ça te tente…

— À cette heure-ci ? Tu plaisantes ? Viens avec moi.

Il m'entraîna jusqu'à son bureau, qui comportait un coin réception avec des fauteuils, une table basse et un petit bar. Il en sortit une bouteille de pur malt, emplit deux verres.

— Alors comme ça, ton patron est un type sinistre, intolérant, détestable ?

— Pire : un esclavagiste !

Il souriait toujours, parfaitement détendu, cependant il cessa de plaisanter.

— Je ne t'oblige pas à rester si tard, Mark.

— Mais tu ne supporterais pas que le travail ne soit pas fait.

— Non, c'est vrai…

Son whisky était une merveille de trente ans d'âge, j'en savourai une gorgée avec grand plaisir.

— Sais-tu que, pour des conflits d'intérêt, notre devoir serait de perdre contre les Écossais dans l'affaire Swift ? me lança-t-il.

Il s'agissait d'un dossier très délicat, qu'Alexander manipulait depuis dix-huit mois comme de la nitroglycérine.

— Perdre ? Tu y arriveras ?

— C'est ce que veut mon client, et il a raison. Regarde ça…

Il alla récupérer une liasse de feuillets sur son bureau et vint me les jeter sur les genoux.

— Fais le calcul toi-même, tu comprendras.

Tandis que j'étudiais les colonnes de chiffres et les conclusions ultraconfidentielles qu'il avait rédigées, il resta derrière moi, penché au-dessus de mon épaule. À un moment donné, d'un geste naturel, il s'appuya d'une main sur moi. Tout d'abord, je ne prêtai pas attention à ce contact léger, amical, mais peu à peu je pris conscience du poids contre ma nuque, de la présence trop proche d'Alex, de son silence persistant. Au lieu de poursuivre ma lecture, je me figeai, ne voulant ni bouger pour me débarrasser de sa main ni continuer à en subir la pression.

La porte de son bureau était ouverte mais il n'y avait plus personne dans le cabinet à cette heure tardive, et pas le moindre bruit en dehors de nos deux respirations. Je sentis ses doigts qui, d'un mouvement à peine perceptible, vinrent frôler le col de ma chemise, puis s'égarer dans mes cheveux. Étais-je en train de mal interpréter son attitude ? Je ne savais absolument pas comment réagir ; au reste, avais-je envie de faire quelque chose ?

Soudain, il s'appuya plus fort, et de sa main libre récupéra les feuillets qui étaient toujours sur mes genoux.

— Je ne suis pas sûr que ça t'intéresse, Mark...

Ses mots, à double sens, semblèrent flotter entre nous, appelant une réponse de ma part.

— Je ne suis pas sûr de comprendre, réussis-je à dire.

J'étais toujours cloué dans mon fauteuil, infiniment plus troublé que je n'aurais pu l'imaginer. Alex changea de place, allant s'asseoir en face de moi, de l'autre côté de la table, mais je ne trouvai pas le courage de croiser son regard.

— Mark ? Si tu en meurs d'envie, tu peux m'insulter.

Il refusait de laisser planer le doute, ce qu'il venait de faire était évidemment délibéré. Maintenant qu'il m'avait lâché, je commençais à reprendre mes esprits et à me poser toutes sortes de questions. À Donagh, quelques semaines plus tôt, j'avais éprouvé la même sensation de malaise et refusé de lui donner une signification. Là, j'étais fixé.

— Écoute, Alex, c'est sans importance, je...

— Sans importance pour qui ?

Sa voix était beaucoup plus calme que la mienne. Si je parvenais à recouvrer mon sang-froid, j'avais encore une chance de m'en tirer par une pirouette, pourtant j'en fus incapable et je ne sus que bredouiller :

— Je ne peux pas te... te plaire !

— Bonne nouvelle, répliqua-t-il posément.

Il attendit que je poursuive, mais j'étais à court d'idées. La situation me dépassait, j'aurais donné n'importe quoi pour être ailleurs. Au bout d'un long moment, il murmura :

— Tu devrais rentrer chez toi, Mark, il est vraiment tard.

Le mieux que nous ayons à faire était sans aucun doute d'interrompre cette scène, toutefois il me fallait d'abord lui dire au revoir, je ne pouvais pas me contenter de me lever et de partir sans un mot. Il vint à mon secours avec beaucoup de naturel, abandonnant son fauteuil pour gagner son bureau en deux enjambées.

— J'ai des coups de téléphone à donner, je te verrai demain.

Jusque-là, j'avais réussi à ne pas le regarder, ce qui était d'une abominable lâcheté. Sur le seuil, je me retournai pour lui faire face, au moins une seconde, mais il était déjà en train de feuilleter son agenda et il ne releva pas la tête.

Après une nuit horrible, passée à m'agiter en vain au grand déplaisir de Joyce que j'empêchais de dormir, il me fallut reprendre le chemin du cabinet.

Je me sentais mal dans ma peau, encore sous le choc de l'incident de la veille. Le pire, et de loin, était que, malgré la surprise, je savais n'avoir pas vraiment détesté ces quelques instants équivoques.

Je pris le métro jusqu'à Chancery Lane, plongé dans un abîme de doutes sur mon propre compte. J'aimais Joyce, le corps de Joyce, son odeur, sa féminité, j'étais fou d'elle ! Nous étions heureux ensemble, aussi attirés l'un par l'autre qu'au premier jour, et rien ne me manquait. Il me suffisait de l'apercevoir, dans l'un de ces déshabillés affolants qu'elle portait volontiers lors du brunch le dimanche, pour me jeter sur elle. Je la désirais, je la trouvais voluptueuse et attendrissante, j'avais envie de continuer à la séduire et à la protéger jusqu'au jour où nous serions vieux tous les deux.

Pourtant, la main d'Alexander sur moi ne m'avait ni choqué ni déplu. Comment allais-je pouvoir travailler avec lui après ça ? Quelle attitude adopter s'il poussait le jeu plus loin ? Sauf qu'il ne s'agissait pas d'un jeu, j'en avais la conviction.

En arrivant devant l'immeuble qui abritait la firme Leander & Co., je faillis me mettre à raser les murs. L'idée de croiser Alex me rendait malade, cependant je devrais l'affronter à un moment ou à un autre de la journée.

Ma secrétaire me soulagea d'un grand poids en m'informant que « lord Donagh » était enfermé dans son bureau avec un *Queen's Counsel*, autrement dit un des grands avocats du barreau. Toutefois, elle ajouta qu'il avait déposé une note urgente à mon intention et elle me tendit une enveloppe scellée.

Je ne l'ouvris qu'une fois seul, avant même d'enlever mon manteau, persuadé qu'il s'agissait d'une lettre de licenciement, mais Alex avait juste écrit : « Désolé, Mark » en travers de la feuille. Nerveux, je la pliai en quatre, en huit, en seize. Pourquoi diable avais-je supposé qu'il me flanquerait à la porte ? Il était l'homme le moins mesquin qui soit !

Jusqu'à midi, je parvins à m'absorber dans mon travail, et quand Alexander poussa la porte de mon bureau, il me fit sursauter.

— Tu déjeunes avec moi ou tu m'en veux toujours ? me demanda-t-il avec un petit sourire en coin.

Cette fois, je plantai mon regard dans le sien, m'obligeant à compter mentalement jusqu'à cinq pour compenser ma lâcheté de la veille.

— J'ai faim, et il faut que je te parle de ce dossier, répondis-je enfin.

Son sourire s'accentua, sans la moindre ambiguïté.

— Alors, allons au Rules.

Il adorait ce restaurant – l'un des plus vieux et des plus exquis de Londres – où tant d'hommes célèbres avaient défilé en leur temps, de Graham Greene à Charlie Chaplin. Comme Maiden Lane était à moins d'un quart d'heure de marche, nous décidâmes de nous y rendre à pied, profitant du trajet pour bavarder gaiement. Un pâle soleil d'hiver rendait la promenade agréable, et Alexander, aussi à l'aise que de coutume, me fit rire avec une imitation très réussie d'un juge qu'il détestait.

Nous n'avions pas réservé, néanmoins Alex se fit attribuer l'une des meilleures tables et commanda pour nous deux des ris de veau au champagne, accompagnés d'une bouteille de bourgogne.

Une heure plus tard, alors que nous venions de réclamer des cafés, mon portable sonna. C'était Joyce, qui en principe ne m'appelait jamais dans la journée mais voulait m'annoncer, toutes affaires cessantes, que sa sœur venait d'accoucher d'une petite fille. Volubile, surexcitée, elle comptait se précipiter sur-le-champ au chevet de sa nièce.

— Elle a un peu d'avance mais il paraît qu'elle est magnifique, Mark ! Et devine quoi ? Je serai sa marraine ! Je crois que je vais essayer de prendre un train pour Brighton tout de suite, j'ai demandé quelques jours de congé à mon patron qui est d'accord. Si ça ne te contrarie pas, je rentrerai dimanche soir.

Je l'assurai que j'étais ravi, qu'elle pouvait rester près de Lindsay et du bébé tant qu'elle voudrait. Connaissant la force de son attachement pour sa sœur, je comprenais sa précipitation comme sa joie. Après avoir raccroché, je résumai la nouvelle à Alex qui se contenta de plaisanter.

— Je pense que ça devrait donner des idées à Joyce ! Quand elle reviendra, elle va te réclamer une demi-douzaine de nourrissons. Un autre café pour arroser ta nièce ?

Sa gaieté et sa désinvolture m'incitèrent à penser que strictement rien n'avait changé dans nos rapports. Ce en quoi je me trompais du tout au tout.

*

Joyce est partie jusqu'à dimanche, rien de pire ne pouvait nous arriver en ce moment ! Qu'avait-elle besoin d'aller pouponner chez sa sœur ? Alexander doit se rendre à Hastings aujourd'hui, mais il va s'arranger pour rentrer ce soir car, dès demain matin, il veut filer à Donagh. Une idée subite, impérieuse. « J'ai des millions de choses à régler sur place. » Comme si j'étais dupe ! Il saisit la première occasion et, avec la chance qui le caractérise, il n'a pas eu à l'attendre bien longtemps. Rien de plus facile pour lui que convaincre Mark de l'accompagner. Après tout, Mark est déjà allé là-bas, il a rencontré la mère d'Alexander qui sera ravie de l'accueillir à nouveau, et puis, entre deux problèmes d'intendance, Alex pourra toujours entretenir Mark de leurs dossiers en cours ! Un vrai week-end de travail, alliant l'utile à l'agréable. Et avec Joyce absente, Mark n'a aucune raison de refuser.

Au théâtre, nous donnons les deux dernières représentations du ballet. Inutile de supplier Alexander d'être là, il ne vient jamais voir un spectacle deux fois. « Je préfère assister à la première qu'à la dernière. » Ainsi n'est-il pas à mon côté lors de ces pots d'adieux organisés par la troupe qui sont toujours des instants d'extrême émotion. La tristesse de ne plus se retrouver chaque soir dans les loges, la promesse de se revoir alors que chacun est déjà tourné vers ses projets personnels, et puis certains qui n'ont aucun autre contrat en vue... Il y a une infinie mélancolie dans ces séparations ; on croyait presque faire partie d'une famille dont on mesure soudain l'illusion et la vanité.

Alex enverra des fleurs, il le fait toujours. Ou plutôt le fait faire par sa secrétaire, mais enfin il y pense et c'est l'intention qui compte. Depuis combien de mois ne l'ai-je pas vu, négligemment adossé à un réverbère, son écharpe de soie flottant autour de lui, dans la petite rue où se trouve la sortie des artistes ? À l'époque où il y venait, mon cœur cessait de battre quand je découvrais sa silhouette malgré l'obscurité. Et chaque fois que je quitte le théâtre, je ne peux pas m'empêcher de le chercher. Peut-être même ne pourrai-je plus jamais emprunter cette rue sans un sentiment de désespoir.

Il est tendu, nerveux, comme quelqu'un qui touche au but. A-t-il arrêté une tactique ? Découvert une faille chez Mark ? L'idée de leur tête-à-tête me rend absolument enragé.

Quand il est entré dans ma salle de bains, l'autre soir, que voulait-il exactement ? J'ai pris l'initiative de le faire taire parce que j'avais peur de ce qu'il aurait pu dire, et il n'a pas cherché à résister, au point que j'ai cru, pendant une heure, à quelque chose qui n'existe plus. Mais comment guérir de lui tant que nous resterons amants ?

*

La neige nous surprit tandis que nous roulions sur la M4, et Alexander se félicita d'avoir remis le hard-top de la Jaguar. Il conduisait vite, avec une symphonie de Brahms en fond sonore, apparemment égayé par ces flocons qui s'écrasaient en douceur sur le pare-brise.

Son invitation à passer trois jours à Donagh m'avait un peu pris au dépourvu, mais je n'avais aucune raison valable de vouloir rester à Londres alors que Joyce n'y était pas. Refuser aurait été un signe de défiance à l'égard d'Alex, une manière de lui signifier ma rancune, or je n'en éprouvais pas.

Entre nous, tout semblait redevenu normal, il me traitait avec la même familiarité amicale que par le passé, et sa compagnie me procurait le même plaisir – sur lequel je refusais de m'interroger.

Nous avions quitté Londres vers neuf heures et nous étions attendus à Donagh Castle pour le déjeuner.

— J'ai renvoyé John, m'annonça-t-il comme nous sortions de l'autoroute pour nous engager sur la route d'Ilfracombe. Le nouveau majordome s'appelle Dick, j'espère qu'il sera à la hauteur de ses références. À propos, il a trente-trois ans et il est affreux.

Ces deux derniers critères devaient suffire, sans doute, à éliminer tout risque concernant lady Annabel.

— Si c'est une allusion, marmonnai-je, je te trouve très dur avec ta mère. Très injuste, très borné.

Médusé, Alex tourna la tête vers moi, juste une seconde, puis reporta son attention sur la route. Il laissa passer un silence boudeur avant de répéter :

— Borné ?

Apparemment, l'adjectif lui déplaisait mais je ne le retirai pas.

— Tu fais preuve d'étroitesse d'esprit, confirmai-je.

— Je ne sais pas comment est ta mère, Mark, ni si tu...

— Peu importe, je ne la jugerai jamais, je l'aime trop pour ça !

— Bon, je vais m'arrêter sur le bord de la route et déposer une pierre blanche en ton honneur. Depuis George, personne ne m'avait donné de leçon de morale !

— Tu ne supportes pas la critique, Alex ?

Avec un soupir appuyé, il leva les yeux au ciel.

— Bien sûr que si. Ne te gêne surtout pas si tu vois autre chose.

Mais il ne paraissait pas fâché, au contraire il conserva son humeur légère jusqu'au moment où nous arrivâmes en vue de Donagh Castle. Sous la neige, le paysage était absolument magnifique, et je m'aperçus que j'étais ravi d'être là, que j'avais été stupide de m'angoisser. Après tout, l'incident était clos, Alex me l'avait signifié en écrivant : « Désolé, Mark. »

Tandis que nous descendions de voiture, le dénommé Dick fit son apparition sur le perron et nous tint la porte ouverte. Dans le hall d'entrée, la température était moins glaciale que lors de notre précédente visite, lady Annabel ayant dû exiger un minimum de chauffage.

— Bon voyage, monsieur le Comte ? Je vais faire monter vos bagages et ranger la voiture. L'apéritif est servi dans le salon bleu.

Le pauvre Dick était effectivement assez laid, replet et rougeaud. Il semblait pénétré du désir de bien tenir son rôle, sans pour autant manifester une servilité excessive, et sa manière d'user du titre de comte ne parut pas déplaire à Alex qui s'abstint de le reprendre.

Je retrouvai avec plaisir l'atmosphère chaleureuse du salon bleu où lady Annabel était en compagnie d'Elizabeth, blottie au coin du feu. Alexander alla embrasser sa mère, qui se contenta de lui tendre la joue en évitant de le regarder. À l'évidence, elle avait très mal toléré le renvoi de John et comptait le montrer. Je vis Alex se raidir devant la froideur de cet accueil, et davantage encore lorsqu'elle murmura :

— J'espère que tout sera à ta convenance, j'ai fait pour le mieux en t'attendant.

Elle soulignait ainsi qu'elle ne se sentirait jamais chez elle au manoir et Alex se détourna, apparemment agacé. Il salua la gouvernante, se dirigea vers la table roulante et déboucha aussitôt une bouteille de champagne. Sa prédilection pour cette boisson lui en faisait consommer n'importe où, à n'importe quelle heure, même s'il ne dédaignait pas les autres alcools.

— J'aimerais qu'il continue à neiger, dit-il pour rompre le silence qui s'était abattu sur le salon.

Il s'approcha de l'une des fenêtres et se plongea dans la contemplation du parc. Je surpris le coup d'œil triste que lui lança alors lady Annabel, pourtant elle ne put se décider à lui adresser la parole. À mon avis, ils mouraient d'envie de se réconcilier, mais ni l'un ni l'autre ne voulait faire le premier pas.

— Je suis ravie de vous revoir, Mark, déclara-t-elle d'un ton très étudié. Votre présence parmi nous est un réel plaisir.

Alexander fit volte-face, considérant sa mère avec une sorte d'appréhension plutôt surprenante. Je murmurai quelques formules de politesse, brusquement conscient du malentendu qui était en train de s'installer. Lady Annabel interprétait ma venue de la seule manière possible : elle me prenait pour le nouvel amant de son fils. Quelle autre raison aurait-il eu de m'inviter ici une seconde fois ? Je détestais cette idée, cependant je ne voyais pas du tout comment mettre les choses au point. Croyait-elle vraiment que, à peine George Leander décédé, Alex avait décidé de traîner son petit ami à Donagh et de l'y imposer à chacune de ses visites ?

L'arrivée de Dick, annonçant que le déjeuner était servi, ne parvint pas à détendre l'atmosphère. À table, tandis que nous dégustions un menu typiquement français, concocté par la cuisinière en mon honneur, je me mis à parler de Joyce de façon éloquente, bien décidé à faire comprendre à lady Annabel que j'avais une épouse et que je l'adorais. Alex en profita pour discuter avec Elizabeth de certains problèmes inhérents au domaine, comme si elle était la seule personne capable de lui fournir des réponses sensées.

Les plats se succédaient, plus ou moins réussis, et je finis par caler sur le gigot d'agneau, parfaitement cuit mais noyé sous une sauce aux airelles, dont je ne parvins pas à avaler plus d'une bouchée.

— Sommes-nous vraiment obligés d'ingurgiter tout ça ? lança alors Alexander d'un ton à peine aimable. Je refuse de passer trois heures à table en plein milieu de la journée. Si vous n'y voyez pas d'inconvénient, suggérez donc à Martha d'alléger un peu les repas ou bien nous y laisserons notre santé !

— C'est toi qui décides, Al chéri, tu n'auras qu'à donner tes ordres, répliqua lady Annabel en le toisant d'un air de défi. Je n'ai pas voulu changer quoi que ce soit à l'organisation de *ta* maison.

— Très bien, je m'en occuperai moi-même !

Ils s'affrontèrent du regard un instant encore, mais ce fut Alex qui baissa les yeux le premier. Le repas s'acheva dans un silence contraint, chacun ayant refusé à son tour le dessert.

Après le déjeuner, nous partîmes accomplir une visite des fermes à bord d'un 4 × 4 que le chauffeur avait garé devant le perron à notre intention. Partout, les métayers nous accueillirent assez gentiment, présentant leurs condoléances à Alexander qui s'empressait de les rassurer sur leur avenir : il n'y aurait rien de changé.

La neige continuait à tourbillonner et à grossir l'épaisse couche qui recouvrait tout. Sans visibilité, Alex roulait au ralenti mais ne se trompait jamais de chemin. Il m'expliqua avoir si souvent parcouru ce domaine, à pied, à cheval ou en voiture, qu'il ne courait pas le risque de s'y égarer.

En fin d'après-midi, avant que la nuit tombe, il voulut pousser jusqu'à la mer. Le spectacle des rochers enneigés et de l'océan gris fer, à l'infini, était grandiose. S'arrêtant tout au bord de la falaise, Alexander descendit de voiture et demeura un moment silencieux, le regard perdu sur l'immensité. Songeait-il à la dernière conversation qu'il avait eue là avec son grand-père ? À cette promesse qu'il allait devoir tenir ?

— Je pense que je l'ai déçu, dit-il entre ses dents.

Sa voix me parut assourdie, par la neige ou par le chagrin.

— Pourquoi, Al ? Tu as réussi tout ce que tu as entrepris, tu es…

— Je suis quoi, Mark ?

Tourné vers moi, il me regardait avec une sorte de détresse. Pour la première fois, il m'apparut comme un homme vulnérable, qui doutait de lui-même. Au-dessus du col relevé de sa parka, je ne voyais que ses yeux clairs, rivés sur moi. Quelques flocons étaient accrochés dans ses cheveux blonds et une goutte d'eau brillait sur ses cils. Étais-je en train de le trouver beau ?

— Tu es gelé, répondis-je, et moi aussi. Rentrons, veux-tu ?

Sur la route du retour, il me parla d'Elizabeth, qu'il aimait beaucoup.

— Elle était très attachée à George, et elle servait parfois d'intermédiaire entre lui et moi. Quand j'étais gamin, si elle le jugeait trop sévère, elle venait même me consoler ! Je lui dois les rares moments d'affection que j'ai connus ici. De plus, Lizbeth est une gouvernante hors pair, ma mère sait très bien qu'elle peut se reposer sur elle pour tout ce qui concerne la marche de la maison.

— Mais personne ne veut prendre de décision sans toi.

— Pour être plus précis, personne n'ose modifier les habitudes qu'avait imposées George, à savoir celles d'un autre siècle ! Même ma mère a eu l'impression que je la punissais en fermant le pavillon de chasse, alors que j'essaie seulement de faire quelques économies. Je ne pense pas qu'elle soit malheureuse, en tout cas pas à cause de moi.

Parler de sa mère le rendait vraiment nerveux. Il devait se considérer comme un mauvais fils et, à l'entendre, un plus mauvais petit-fils encore. L'était-il réellement ? Je ne croyais pas un instant à ces prétendues économies. D'une part, il était immensément riche, d'autre part, il était très généreux, alors contraindre sa mère à habiter le manoir ne pouvait s'expliquer que par une crise d'autorité ou un besoin de revanche.

La neige tombait plus dru à présent, et il nous fallut près d'une demi-heure pour rentrer. Alex me proposa une partie de billard avant le dîner, et j'acceptai avec enthousiasme parce que je me débrouillais assez bien à ce jeu ; toutefois, il me battit à plate couture, comme avec les fléchettes à l'Eden Blue.

Au moment où nous allions monter dans nos chambres pour nous changer, Dick vint nous prévenir que lady Annabel, en proie à une migraine, ne dînerait pas avec nous. Visage fermé, Alexander acquiesça d'un signe de tête.

— Puisque nous sommes dispensés de mondanités, décida-t-il, faites-nous servir quelque chose de léger dans le salon bleu, ce sera plus agréable.

Heureux d'échapper à la sinistre salle à manger, j'allai prendre une douche tandis qu'Alex se dirigeait vers les appartements de sa mère afin de s'enquérir de sa santé.

En retrouvant la suite jaune, je constatai qu'absolument rien n'avait changé depuis la fois précédente. Le lit était prêt, avec l'édredon de plumes, mon sac de voyage avait été défait et mes affaires rangées. J'appelai Joyce, et bavardai deux minutes avec elle par-dessus les cris perçants de notre nièce qui réclamait son biberon, rendant toute conversation problématique. Ce coup de téléphone, trop bref, me démoralisa un peu. Pourquoi étions-nous si loin l'un de l'autre, occupés à des choses tellement différentes ? Bien entendu, ma belle-sœur n'aurait eu que faire de ma présence dans un moment pareil, et je me serais sûrement senti inutile ou même encombrant là-bas. Néanmoins, je n'étais pas tout à fait certain d'être à ma place à Donagh.

Une fois lavé, je jugeai superflu de mettre un costume et une cravate, persuadé qu'Alex ne m'en voudrait pas d'avoir préféré un col roulé et un jean. Puis je gagnai le salon bleu, ma pièce favorite, où une magnifique flambée avait été allumée. Je m'installai dans l'un des profonds canapés de velours et feuilletai distraitement une revue sur le parc national d'Exmoor.

Il était huit heures et demie lorsque Alex me rejoignit, lui aussi en tenue décontractée, comme s'il avait deviné mon choix vestimentaire. Son premier mouvement fut d'aller ouvrir en grand les rideaux. Dehors, le parc était brillamment éclairé et la neige scintillait sur tous les arbres de manière féerique.

— J'adore ça ! s'exclama-t-il d'une voix gaie.

Dick entra au même moment, poussant la table roulante qui ne grinçait plus. La cuisinière nous avait préparé un assortiment de viandes froides, une salade de crudités, un plateau de fromages qui comportait du cendré de Derby et du Red Leicester, enfin, une tourte aux pommes embaumant la cannelle. Deux bouteilles de champagne, dans des seaux pleins de glace pilée, voisinaient avec un pauillac de 1978 qui avait été débouché.

— Vous remercierez Martha pour son louable effort de diététique, ironisa Alex.

Après s'être permis un petit rire discret, Dick s'éclipsa et nous nous retrouvâmes en tête à tête, avec ce décor de théâtre au-delà des fenêtres, les bûches qui flambaient, les bulles qui dansaient dans nos coupes de cristal.

— C'est à ton tour de me raconter ta vie, me rappela Alex en s'installant en face de moi.

— Je ne crois pas que ça puisse occuper toute notre soirée ! Je n'ai rien fait d'exceptionnel et je ne me suis révolté contre personne. Mes parents sont des gens adorables, ils ont passé leur existence à essayer de se faire plaisir mutuellement, et pour cette raison nous n'avons pas cessé de naviguer entre l'Angleterre et la France. À la maison, nous parlions indifféremment l'une ou l'autre langue. Pour ses affaires, mon père était forcé de rester à Londres, mais la plupart des vacances avaient lieu en Dordogne, où ma famille maternelle possède une propriété… qui n'a rien de comparable avec Donagh. On appelle ça une bastide et j'en garde des souvenirs essentiellement gastronomiques ! Les chambres étaient meublées de bric et de broc, avec d'énormes araignées dans les coins ; il y faisait très chaud au mois d'août… J'ai deux frères, une sœur, des tas de cousins, mais presque tout le monde est installé à Paris. Il n'y a pas eu de drame dans ma famille, personne ne m'a obligé à faire quelque chose qui me déplaisait, même en pension j'ai été heureux ! Navré, Alex, je ne vois rien à ajouter. Si je n'avais pas épousé Joyce, peut-être aurais-je préféré la France moi aussi, je…

— Bénie soit Joyce, alors.

Il m'adressa un de ces sourires qui n'appartenaient qu'à lui.

— Et avant elle, tes premières amours ?

— À seize ans, une grande passion d'été pour une boulangère qui m'a tout appris, ensuite une étudiante de la Sorbonne, avec laquelle j'ai connu dix-huit mois d'une liaison si tumultueuse que j'ai bien failli rater mes examens. Puis quelques coups de cœur sans importance, enfin Joyce, rencontrée par hasard devant un grand magasin, et que j'ai adorée sur-le-champ. Tout ça est très banal.

— Pas quand on le vit.

Il m'offrit une cigarette, se pencha pour me donner du feu.

— As-tu connu des aventures extraordinaires ? lui demandai-je.

— Non, le mot est trop fort. Disons… des choses très bien.

— Jusqu'à Dimitri ?

— Dimitri en fait partie.

Je méditai sa réponse un moment. Je l'avais supposé plus concerné par l'homme qui vivait chez lui, avec lui.

— Veux-tu qu'on en parle ? ajouta Alexander.

— De quoi ?

— Du fait que je suis amoureux de toi.

Sa déclaration me laissa sans voix. Moi qui croyais l'incident oublié, qui imaginais stupidement que nous ne connaîtrions plus la moindre gêne, je me retrouvai si embarrassé que je me sentis rougir. Seigneur ! Jusqu'où me fallait-il remonter pour me rappeler avoir rougi ?

— C'est ridicule, parvins-je à articuler.

— C'est surtout difficile. J'ai longtemps espéré que ça me passerait, mais non.

— Alexander, tu me mets dans une situation impossible !

Un cri du cœur, qu'il accepta avec un geste d'impuissance.

— Je sais. N'ai-je vraiment aucun espoir de te convaincre ?

— Me convaincre de quoi ?

— D'essayer.

Souffle coupé, j'éprouvai une sensation de creux à l'estomac, comme si j'oscillais tout au bord d'un plongeoir. S'ensuivit une telle bouffée d'angoisse que je me levai, sans réellement vouloir quitter la pièce, mais au moins pour me soustraire à l'insistance de son regard.

— Ne t'en va pas, dit-il à voix basse. S'il te plaît.

— Alex, tu es mon ami, je ne tiens pas à me fâcher avec toi. J'ai beaucoup d'admiration et d'affection pour toi…

— Je m'en fous.

Comme il n'était jamais vulgaire, sa phrase résignée me fit comprendre que nous ne pouvions plus faire marche arrière. Il fallait liquider le problème une fois pour toutes, en espérant que notre amitié y résisterait. Il se leva à son tour, alla prendre la bouteille de champagne et s'approcha de moi. Je dus me maîtriser pour ne pas bouger, mais ma main tremblait quand je lui tendis ma coupe. Il interrompit son mouvement, me la retira des doigts.

— Je te fais peur, Mark ? demanda-t-il doucement.

Il se débarrassa de la bouteille et du verre sur un guéridon, puis avança d'un pas.

— Alex, non.

Ma voix devait manquer de conviction car il me prit par les épaules et m'attira à lui.

*

Je m'étais pourtant juré de ne plus jamais prendre ces saloperies de tranquillisants, malheureusement, au milieu de la nuit, j'ai craqué. Moralité, je me sens dans un état abominable ce matin.

À trois reprises, hier, j'ai essayé de joindre Alexander sur son portable, mais il l'avait coupé, je n'ai obtenu que sa boîte vocale et je n'ai pas eu le courage de laisser un message.

Alex ne coupe *jamais* son téléphone, et surtout pas dans la journée, à cause de ses affaires. Il doit être vraiment déterminé à ne pas se laisser déranger. Dans l'état du chasseur qui ne tolère pas le moindre bruit susceptible d'effrayer sa proie.

Il aura Mark, c'est fatal. Le pauvre garçon ne sait pas encore qu'il en a envie lui-même, il va se découvrir tel qu'il ne se connaissait pas, avec horreur ou délice, c'est selon.

Pourquoi Alexander obtient-il *toujours* ce qu'il veut ? Et pourquoi n'est-ce pas moi qu'il aime ? Je n'ai rien fait pour le lasser, au contraire !

Quand il est parti pour Donagh, je lui ai demandé de m'appeler et il a promis d'y penser, sauf qu'il n'a pas précisé à quel moment. Peut-être n'y songera-t-il que demain soir, sur la route du retour ? À la radio, je viens d'entendre qu'il neige sur les côtes du Devon. C'est follement romantique ! De quelle manière Alex va-t-il s'y prendre ? De gré, de force ? Un genou à terre et la main sur le cœur ? En silence et brutalement ? Comme le bluff au poker, il n'a pas droit à l'erreur, un rien suffira à braquer Mark, à le faire détaler, car pour l'instant ce garçon se prend juste pour le meilleur ami d'Alex sans se poser de questions.

Joyce m'a appelé, débordante de vitalité, tout heureuse de bêtifier devant sa nièce, à mille lieues d'imaginer le danger qui guette son mari et qui va la crucifier lorsqu'elle saura. J'avais envie de lui crier d'abandonner vite fait sa sœur et le bébé pour filer à Donagh sauver son mariage, mais je n'ai rien dit, évidemment. Alexander me tuerait si je lui envoyais Joyce dans les pattes maintenant. À un moment ou à un autre, il devra se mesurer à elle, et son sens de l'honneur va en prendre un sacré coup ce jour-là, parce que Joyce sera sans pitié avec lui. Il n'aura rien à invoquer pour sa défense, dès la première minute il a voulu Mark, il ne vit que pour ça depuis deux ans, impossible de jouer l'égarement de l'instant ! Non, il devra assumer son machiavélisme et expliquer pourquoi il les a séduits tous les deux.

Je tourne en rond dans la maison, sous l'œil impavide du vieux Stan. A-t-il pensé à mettre des préservatifs dans le sac de voyage de son maître ?

« Tu es d'une affligeante vulgarité », m'a dit Alexander, un soir où je lui parlais trop crûment, par-dessus la techno hurlante d'une de mes discothèques favorites. Je l'avais traîné au sud de la Tamise, dans ces quartiers qu'il n'aime pas, et où j'ai gardé des habitudes. Sa Jaguar était garée au fond d'une impasse mal éclairée, et quand nous avons voulu la récupérer deux types nous ont sauté dessus, bien décidés à avoir les clefs. Alex s'est battu sans aucune hésitation, presque avec plaisir, saisissant là l'occasion rarissime pour lui de se défouler, et s'arrangeant pour me protéger parce que j'avais une première le lendemain. J'ai trouvé extraordinairement émouvant qu'il me défende, mais j'ai été surpris de le découvrir aussi violent. Tapi au fond de la tête d'Alex, il existe un autre homme.

Une petite pluie glaciale tombe au-dehors. Je me demande si je dois accepter la reprise que le directeur du théâtre me propose. Même revisité par un chorégraphe de génie, *Le Lac des cygnes* est un ballet qui m'assomme. Pour l'instant, je me sens incapable d'y penser, incapable, aussi, de monter travailler. Être seul chez un autre est la pire des solitudes. Serais-je moins mal ailleurs qu'entre ces murs où tout me parle d'Alexander ?

Je suis allé chercher sa robe de chambre, dans sa salle de bains, pour m'y emmitoufler. Je vais passer la journée à respirer son odeur mêlée aux effluves de *Jaïpur* et à attendre qu'il appelle enfin. Au premier mot de lui, je devinerai ce qu'il en est.

*

Je ne savais pas à quel point un nourrisson peut épuiser tout son entourage ! Lindsay, son mari et moi suffisons à peine à la tâche. Mais aussi, nous perdons un temps fou à nous extasier sur ce bébé, ses adorables doigts minuscules, ses cris perçants, cette dent unique avec laquelle il est venu au monde.

Ce soir, Mark me manque, le spectacle de ma sœur et de mon beau-frère, éperdus de bonheur, m'a rendue mélancolique. Je ne peux pas me couper en deux, et, bien qu'étant enchantée d'être ici, une part de moi-même adorerait être à Donagh. Ils vont s'amuser comme des fous avec la neige qui tombe là-bas, alors que nous n'avons droit qu'à un brouillard maussade.

Seule dans cette ravissante mais minuscule chambre d'amis que Lindsay a aménagée à mon intention, je pense à Mark, délicieusement plongé dans le luxe jusqu'au cou, servi par un bataillon de valets et buvant du champagne à gogo. Bien entendu, Lindsay a voulu que je lui parle d'Alexander en long et en large, elle rêve de le rencontrer, fascinée par ses titres et tout ce que j'ai pu lui raconter à son sujet. Quand elle m'a affirmé, péremptoire comme à son habitude : « Ce type t'a tapé dans l'œil, chérie ! », j'ai ri de bon cœur. D'accord, elle a raison, mais cette nuit, c'est à mon mari que je pense. À sa manière de promener ses mains sur mon corps, attentif et patient, à sa façon de me regarder quand nous faisons l'amour. Mark possède des réserves infinies de tendresse, une authentique gentillesse qui rend toute dispute impossible, et une sensibilité qu'il ne cherche pas à dissimuler.

Pourquoi a-t-il fallu qu'Alex choisisse précisément ce week-end pour aller là-bas ? Quelle malchance ! J'espère qu'il y retournera vite, que je puisse en profiter également. D'ailleurs, d'après Mark, il a tant de choses à régler sur place que nous serons sans doute très souvent invités à Donagh.

Avant de m'endormir, je vais dire une prière pour ma nièce. Qu'elle reste en bonne santé, qu'elle ait une vie heureuse, et aussi, très bientôt, un cousin ou une cousine. Parce que, cette fois c'est une évidence, je veux vraiment avoir un enfant de Mark et lui en faire la surprise. Et pourquoi ne demanderions-nous pas à Alex d'être le parrain ?

*

— Belle journée, Monsieur !

La voix du valet de chambre me tira brutalement du sommeil. Hébété, je le regardai ouvrir les rideaux, découvrant que la neige tombait toujours à gros flocons.

Comment avais-je pu m'endormir ? Quelle avait donc été ma dernière pensée consciente ? Effaré, je me redressai d'un coup, manquant de renverser le café sur l'édredon.

— Voici les journaux, Monsieur. Lord Donagh prendra son breakfast à neuf heures dans la salle à manger.

Oh, non, il était hors de question que j'affronte Alexander ce matin-là ! Par tous les saints du ciel, avais-je vraiment flirté avec lui de mon plein gré ? Pourquoi m'avait-il fait ça ? Pour la seconde fois en vingt-quatre heures, je me sentis rougir au fur et à mesure que me revenaient les souvenirs de la veille. D'où avait donc jailli cette flambée de désir dès qu'il m'avait touché ? Devais-je en déduire que, depuis deux ans, j'avais inconsciemment envie de lui ?

Impossible. J'avais bu trop de champagne, la veille au soir, voilà tout. Et, au moins, Alexander avait eu la décence de ne pas en profiter. Il avait constaté le désir qu'il m'inspirait – j'aurais eu du mal à prétendre le contraire – mais il n'était pas allé plus loin. Pourquoi ? Pour épargner lequel de nous deux ?

Me cacher la vérité devenait inutile et ne me conduisait nulle part. Je ne lui avais pas cassé la figure, je ne l'avais pas envoyé au diable, je n'avais même pas cherché à lui échapper. Il embrassait bien, avec une redoutable sensualité, mais était-ce suffisant pour justifier que je sois resté dans ses bras, à attendre la suite, le cœur battant à tout rompre ? Je ne voulais pourtant pas devenir l'amant d'Alexander !

À présent, allais-je avoir le front de descendre, d'entrer dans la salle à manger en lançant : « Salut, Al ! Bien dormi ? » avant de manger tranquillement mes œufs au bacon ? Ne valait-il pas mieux sonner un domestique et réclamer qu'on me conduise à la gare ? Lundi matin, je n'aurais qu'à déposer une lettre de démission au cabinet. À Joyce, je raconterais n'importe quoi, que je m'étais querellé avec Alex, qu'il était décidément trop odieux au boulot, que...

— Mark ?

Sa voix me fit sursauter et, cette fois-ci, le café se renversa sur le plateau.

— Désolé, bredouillai-je machinalement.

— Pas moi.

Il retira le plateau qu'il posa sur une commode, puis il revint s'asseoir au pied du lit et se contenta de me regarder en silence. Au bout d'un moment, je me sentis à la torture.

— Je ne sais pas quoi te dire, finis-je par avouer.

— Moi non plus.

— Tu dois me trouver très...

— Oui. Très ! Mais mon problème est plus grave que le tien. Tu viens déjeuner ou tu restes au lit ?

Son attitude était neutre, amicale, cependant je savais ce qu'il voulait et je ne comptais plus sur cette apparence trompeuse.

— Alex, je crois que je devrais rentrer à Londres.

— Sûrement pas !

Il avait répliqué d'une voix sèche, beaucoup trop autoritaire, et il s'empressa d'ajouter, plus doucement :

— De toute façon, avec cette neige, je pense que nous sommes bloqués ici.

Il se leva, gagna l'une des hautes fenêtres et resta de dos quelques instants. Il portait un pantalon noir, une chemise blanche sous un pull bleu pâle. Devant le paysage enneigé, sa silhouette se détachait de façon très nette, et je m'aperçus que je ne pouvais pas m'empêcher de le trouver séduisant. L'avais-je toujours vu de cette manière ? Chaque fois que j'avais admiré son élégance, avais-je éprouvé un désir latent ? Pourquoi ne m'étais-je jamais rendu compte qu'il me troublait ? Et que me faudrait-il faire, désormais, pour échapper à cette attirance ? Lorsqu'il se retourna, je surpris son expression de tristesse.

— Si tu y tiens, me dit-il, je demande qu'on équipe le 4 × 4 de chaînes et je te conduis à la gare.

— Non, inutile, je n'ai pas vraiment envie de partir.

Comment pouvais-je lui faire une réponse pareille ? *Pas envie de partir* signifiait que j'étais bien là, avec lui, que l'expérience de la veille m'avait plu et que je ne demandais qu'à recommencer ! Têtu comme il l'était, il avait le droit de prendre ma phrase pour un encouragement, or je ne tenais pas du tout à lui en donner. Mais peut-être cette déclaration n'avait-elle d'autre but que le rassurer ? Je ne voulais ni le fuir ni le blesser.

— Sors de là et viens déjeuner, murmura-t-il.

Il quitta ma chambre, comme s'il craignait que je ne me ravise, et je me décidai à prendre une douche. Je devais appeler Joyce, cependant serais-je capable de bavarder avec elle d'un ton naturel, en lui affirmant que tout était pour le mieux ici et que j'avais hâte de la revoir ? Oui, sur ce dernier point, au moins, je n'aurais aucun mal à la persuader que je désirais être près d'elle parce que c'était vrai. Elle seule saurait me délivrer de cette situation ambiguë, à condition de lui raconter ce qui s'était produit. Allais-je le faire ? Probablement pas... Malgré toute notre complicité, je ne lui avais pas parlé du premier incident, au cabinet. Je m'étais bien gardé de lui dire : « Devine quoi, chérie ? Alex me fait du charme ! » Au contraire, je ne voulais pas qu'elle le sache, je ne voulais pas en discuter avec elle. Pourquoi donc ? Pourquoi ne pouvais-je pas me confier à ma femme pour rire avec elle de ce qui m'arrivait ? La réponse était simple : rien ne justifiait mon attitude passive, et j'avais honte de moi.

Ah, si seulement Lindsay n'avait pas accouché, si Joyce avait été ici à mes côtés, rien de tout cela ne serait arrivé !

Sauf que ce n'aurait jamais été que différer pour mieux succomber. À l'évidence, me réfugier dans les bras de Joyce ne changerait plus rien à la réalité : d'ici peu et si je continuais à me conduire aussi stupidement, je me retrouverais dans le lit d'Alexander.

Cette perspective était tout à fait inenvisageable. Aussi, quand je pénétrai dans la salle à manger, découvrir lady Annabel en grande conversation avec Alex fut un véritable soulagement. Elle me salua d'un ton gai, m'invitant à profiter du buffet où une multitude de mets attendaient notre bon vouloir sur des chauffe-plats. Je choisis un œuf mollet, un filet de haddock et un petit pain au cumin.

— Café ou thé ? proposa-t-elle avec un sourire éblouissant.

Elle me servit elle-même puis remplit la tasse d'Alex. Ils devaient s'être réconciliés, pour avoir l'air si bien ensemble.

— Je me réjouis tellement de passer Noël avec toi ! s'exclama-t-elle. Un peu d'animation ici ne fera pas de mal, d'ailleurs la maison est faite pour recevoir, n'est-ce pas ? Elizabeth sera ravie, tu verras, demande-lui tout ce que tu veux, elle se mettra en quatre.

— Tu es des nôtres, bien entendu, me dit Alexander d'un ton enthousiaste. Si vous n'avez pas d'autre projet, Joyce et toi… Je pense que nous serons une quinzaine et que nous devrions parvenir à nous amuser.

J'hésitai à lui répondre, me demandant où il voulait en venir. Organisait-il cette réception par plaisir personnel, pour distraire sa mère ou uniquement pour me piéger ? Il lui suffisait d'appeler Joyce lui-même et il obtiendrait son accord sur-le-champ. Être conviée à Donagh pour Noël allait la faire hurler de joie, il le savait. Et nous n'avions même pas l'excuse de la famille, nous n'allions en France que pour le Nouvel An.

— Eh bien, pourquoi pas…, répondis-je sans conviction.

Si Dimitri se joignait aux invités, le vaudeville serait complet ! Jamais je ne pourrais supporter un week-end de ce genre, il faudrait que je tombe malade avant. Alexander me fixait, avec une certaine ironie à présent.

— D'ici là, je te propose une grande excursion dans la neige, pour t'ouvrir l'appétit, ajouta-t-il en désignant l'assiette à laquelle je n'avais pas touché.

Je le suivis jusqu'au vestiaire du rez-de-chaussée, une longue pièce que je ne connaissais pas, où tout un assortiment de bottes, de vestes de chasse et autres blousons fourrés était entreposé.

— Tu veux vraiment que nous venions fêter Noël ici ? attaquai-je dès qu'il eut fermé la porte. C'est complètement… pervers !

La colère m'avait fait bafouiller mais il continua de s'habiller sans répondre.

— Alex, à quoi joues-tu ?

— Je ne joue pas, soupira-t-il. Et si tu veux m'engueuler, attends d'être dehors, ici nous sommes trop près des cuisines.

Le vestiaire s'ouvrait directement sur la cour pavée, recouverte d'une épaisse couche de neige où se distinguaient de multiples marques de pas. Les domestiques étaient si discrets dans la maison que j'avais oublié leur nombre, mais une grande activité régnait de ce côté.

— Tu préfères la lande ou la forêt ? s'enquit Alexander d'un ton neutre.

— La forêt.

Je n'étais pas emballé à l'idée de peiner durant des heures dans la poudreuse, toutefois l'exercice était sans aucun doute le meilleur moyen de me calmer.

Au début, la marche me parut difficile, avec cet air glacé qui brûlait mes poumons, et Alex dut s'arrêter plusieurs fois pour m'attendre. Ensuite, je trouvai un meilleur rythme, qui me permit de me maintenir à sa hauteur tout en profitant du paysage. Après avoir quitté le parc, nous avions traversé une plaine puis gagné l'orée d'un bois.

— Si nous avons de la chance, dit-il soudain à voix basse, nous verrons des cerfs. On va rester sous le vent…

Les chênes, de plus en plus nombreux et imposants à mesure que nous progressions dans la forêt, portaient leurs rameaux d'hiver. Invisible sous l'épaisse couche de neige, le chemin que nous suivions semblait délimité par des buissons à la végétation dénudée, d'où émergeaient des ronces brillantes de givre.

— Ne fais pas de bruit, chuchota Alex en s'immobilisant.

Très loin devant nous, à travers un enchevêtrement de troncs, j'aperçus la silhouette furtive d'une biche. La vision ne dura qu'un instant, qui suffit à dissiper en moi toute trace de mauvaise humeur. Au-dessus de nous, le ciel était plombé, pourtant la neige ne tombait plus. Cette promenade silencieuse me procurait un apaisement inattendu, et même la présence d'Alex m'était agréable. À chacune de nos respirations, de petits nuages de vapeur se formaient et disparaissaient tandis que nous avancions d'un pas égal, faisant détaler ici ou là un renard.

Il nous fallut encore près d'une heure avant de tomber, presque par surprise, sur un magnifique dix-cors. Au lieu de s'enfuir, l'animal baissa d'abord la tête, comme s'il allait charger, puis, après réflexion, nous tourna le dos et s'éloigna sans hâte. Figés, retenant notre souffle, Alex et moi le suivîmes des yeux le plus longtemps possible.

— Oh, c'était… fabuleux ! m'écriai-je enfin, ébloui.

— Tu n'es plus en colère ?

— Non.

— Très bien. Donc tu peux m'écouter. Je ne suis pas pervers, Mark, mais je veux passer Noël avec toi.

— Pourquoi ?

Plutôt que de répondre tout de suite, il se rapprocha de moi, ôta ses gants et les laissa tomber sur la neige. D'une main, il me prit délicatement par le cou.

— Parce que je ne fais pas que te désirer. Je t'aime.

Le contact de sa paume était tiède. Il ne cherchait pas à m'embrasser, ses yeux rivés aux miens, il se contentait de me tenir et d'attendre. Je ne pensais à rien de cohérent, sinon que j'étais obligé de lever la tête pour le regarder, alors que, depuis toujours, je me penchais vers les filles.

Je sentis son autre main, dans mon dos, qui se glissait sous le blouson, sous le pull. Du bout des doigts, il ne m'effleura qu'une seconde, me faisant tressaillir, puis il me lâcha.

— Nous sommes très loin de la maison, mieux vaudrait rebrousser chemin maintenant, murmura-t-il en se baissant pour ramasser ses gants.

Depuis la veille, j'en avais assez appris sur moi-même pour cesser de lutter contre l'évidence. Les joues en feu, je n'adressai pas le moindre mot de reproche à Alexander.

*

Comme c'est original ! Ainsi, nous allons avoir un Noël de groupe, dans la mythique propriété de Donagh ! Et il faut que ce soit Joyce, survoltée, qui me l'apprenne… Si elle n'était pas entrée dans les détails, je n'aurais même pas eu la certitude d'être invité. Mais elle a bien précisé *tous ensemble*, et je suppose que je suis compris dans la fournée.

Je refuse de servir d'alibi à Alex. Je refuse qu'il me fasse l'amour parce qu'il n'en pourra plus de frustration. Je refuse d'entendre : « Tu vas bien, Dimitri ? » parce que je me sens affreusement mal.

Bien sûr, j'irai quand même. Rester seul ici me rendrait enragé. L'année dernière, au lieu de me rejoindre à Édimbourg où j'étais en tournée, Alexander est déjà allé passer Noël là-bas, mais il voulait voir son grand-père et se réconcilier avec lui, un désir légitime devant lequel je me suis incliné.

En principe, Donagh m'est un endroit interdit. Alex n'a jamais eu l'intention de me présenter à sa mère, il ne s'y résout que par nécessité. Pour noyer le poisson, il est obligé de convier des tas de gens et ne peut décemment pas me tenir à l'écart.

De quoi avais-je l'air, au téléphone, quand Joyce a réalisé que je n'étais même pas au courant de ce projet ? Alexander l'a appelée directement chez sa sœur, à Brighton, sans doute pour pouvoir coincer Mark, mon Dieu qu'il est retors ! Évidemment, elle frétillait à l'idée d'être enfin invitée à Donagh Castle ; la pauvre chérie va tomber de haut le jour où elle découvrira le pot aux roses.

À bout de nerfs, j'ai signé le contrat du foutu *Lac des cygnes*, et je suis parti le jeter dans une boîte à lettres. Au moins, dès les premiers jours de janvier, je me tuerai au travail lors des répétitions, c'est le seul moyen que je connaisse pour évacuer les idées noires.

Une fois encore, j'ai tenté de joindre Alex, persuadé qu'il avait repris sa ligne puisqu'il avait téléphoné à Joyce, mais je suis retombé sur sa boîte vocale. Entendre sa voix, même par répondeur interposé, m'a rendu si malheureux que je n'ai pas pu articuler un seul mot.

Je sais que je ne dois pas le harceler, il a horreur de ça. Jusqu'ici, j'ai réussi à être discret car c'est ce qu'il souhaite, même s'il est trop bien élevé pour le dire. Cette réserve, excessive, est le signe qu'Alex éprouve quelques difficultés à assumer son homosexualité. Tous les diktats imposés par son grand-père pèsent encore sur lui, quoi qu'il prétende. Oh, bien sûr, il n'a pas *honte*, ce sentiment-là serait indigne d'un Leander ! Non, je le connais, Alex préférerait se faire tuer sur place plutôt qu'avoir à rougir de lui-même, néanmoins il tient à être irréprochable, alors il a du mal à faire coïncider l'image d'un homme parfait avec celle, plus infamante, d'un inverti.

À qui a-t-il pensé pour jouer les figurants dans sa pièce de Noël ? Il a tant d'amis ou de relations qu'il n'aura que l'embarras du choix, ils vont tous se précipiter chez lui ventre à terre, trop heureux de faire partie des privilégiés. Chaque fois qu'il donne une fête, à Londres, il n'y a jamais la moindre défection, ce sera encore plus vrai concernant le domaine des comtes de Donagh !

J'essaie de l'imaginer là-bas. J'ai vu des photos, j'ai une idée du lieu, je me demande seulement quel comportement Alexander y adopte. Gentleman-farmer ? Despote éclairé ? Pour l'instant, à mon avis, il doit surtout affiner sa stratégie et resserrer ses griffes autour de Mark. Dans ce but, le rôle du prince charmant est celui qui convient le mieux, Alexander n'aura aucun mal à se glisser dans la peau du personnage.

*

Je devais rendre cette justice à Alex : il n'abusait pas de la situation. Toute l'après-midi du samedi avait été consacrée, en voiture cette fois, à chercher un petit troupeau de poneys sauvages d'Exmoor, espèce en voie de disparition à la protection de laquelle la famille Leander contribuait depuis des années. En fin de journée, nous avions joué aux échecs, et bien entendu il m'avait battu, puis, après le dîner, il m'avait longuement entretenu de problèmes professionnels tout en vidant une carafe de cognac dans le fumoir.

Lorsque je me réveillai, le dimanche matin, je ne savais plus quoi penser. La manière dont il m'avait dit qu'il m'aimait ne laissait aucun doute sur sa sincérité, mais que faire de cet aveu qui me plongeait dans un complet désarroi ? Si je l'avais trouvé repoussant, les choses auraient été beaucoup plus simples, malheureusement il me plaisait, quelle que soit mon incrédulité ou ma confusion.

Il me plaisait, et je n'en revenais pas que ce fût possible. Moi qui croyais bien me connaître, que m'arrivait-il donc ? Comment pouvais-je ressentir de l'attirance pour un homme ? J'avais l'impression d'être devenu quelqu'un d'autre, bientôt j'allais me faire horreur.

Je pris mon breakfast avec lady Annabel, toujours d'aussi charmante humeur, qui m'informa qu'Alex était dans le bureau de George, ou plus exactement le sien désormais.

— Il a convoqué Elizabeth, ensuite l'intendant, et puis la cuisinière, le jardinier en chef, qui sais-je encore ? C'est exactement ce que je m'attendais à le voir faire, il va tout prendre en main, vous le connaissez...

Elle n'avait sans doute pas pardonné le départ de John et l'arrivée de Dick à sa place, néanmoins elle était soulagée de constater qu'Alex s'impliquait dans la bonne marche de la maison.

— Ma seule exigence concerne le chauffage, heureusement il est d'accord. Du temps de George, on gelait sur pied !

Cette dernière phrase lui ayant échappé, elle eut aussitôt une mimique navrée.

— J'aimais beaucoup mon beau-père, précisa-t-elle. Il a été merveilleux avec Alexander, et pour ma part je ne me sentais pas de taille à m'occuper d'un garçon, surtout un fils unique. Je suppose qu'il vous en a parlé ?

— Oui, un peu.

— Je ne me fais pas d'illusions, il m'en veut de l'avoir placé sous l'autorité de son grand-père, mais il en avait besoin.

Pourquoi se justifiait-elle ainsi devant moi ? N'avais-je pas assez précisément évoqué Joyce, l'avant-veille ? Je tenais à ce qu'elle me prenne pour ce que j'étais encore, malgré tout, à savoir un homme marié amoureux de sa femme.

— Alexander n'a jamais été facile, dit-elle d'un ton hésitant.

Avait-elle deviné les sentiments de son fils à mon égard ? Certes, il n'en montrait rien, son expérience d'avocat lui permettant de rester impénétrable, toutefois elle n'avait pas dû s'y tromper, en tant que mère elle le percevait sans doute mieux que personne. Et elle ne devait rien comprendre à la situation.

— J'espère qu'il finira par être heureux, ajouta-t-elle à voix basse. Mais pour l'instant, il ne l'est pas.

Que pouvais-je lui répondre ? Même dans le cadre des convenances, j'étais censé être le meilleur ami d'Alex, et donc concerné par la question.

— M. le Comte vous attend, Monsieur, m'annonça Dick qui venait d'entrer.

Je m'excusai auprès de lady Annabel et le suivis. Il me conduisit jusqu'au bout de l'aile ouest, au-delà de la bibliothèque, s'arrêtant devant une porte dissimulée dans les boiseries d'un vestibule.

Le bureau de George Leander était l'une des rares pièces de taille raisonnable de tout le manoir. Le mobilier Renaissance, absolument superbe, était mis en valeur par la lumière provenant des trois fenêtres en saillie, et il régnait là une impression d'austérité qui contrastait fortement avec le reste de la maison.

Assis derrière une table italienne en noyer clair, Alexander m'adressa un sourire charmeur avant de me désigner une chaise gothique.

— Tu peux t'installer dessus, c'est solide, plaisanta-t-il.

— Ton grand-père était vraiment connaisseur, appréciai-je en détaillant deux coffres sculptés dignes de figurer dans un musée.

— Il aimait beaucoup cette période de l'histoire, mais en réalité il passait à peine une heure par semaine ici. Son véritable bureau se trouve au premier étage, à côté de sa chambre, celui-ci ne lui servait qu'à recevoir l'intendant ou John, ou encore le pasteur du village quand il ne pouvait pas faire autrement. Ces meubles sont très inconfortables, c'était délibéré, et je viens de constater que, en effet, nul n'a envie de s'attarder.

Il abandonna l'espèce de siège d'église dans lequel il avait dû rester depuis des heures.

— La neige commence à fondre, dommage…, murmura-t-il.

— Une bonne chose pour la route du retour, non ?

— Au contraire, j'aurais adoré être pris dans les glaces !

— Pas tes clients de demain matin, lui rappelai-je.

— Admettons.

— Et, à propos de demain, comme des jours suivants, je voulais te dire que…

Je m'interrompis, mal à l'aise. Certes, une mise au point s'imposait, toutefois je ne savais plus de quelle façon la formuler. La dernière chose que je souhaitais était offenser Alex.

— … que j'ai d'abord envisagé de te donner ma démission, mais que je n'en ai pas le courage, voilà.

Je venais de me jeter à l'eau sans réfléchir, peut-être à cause de l'attitude trop amicale de sa mère avec moi, ou bien parce que je ne supportais pas de laisser tous ces points d'interrogation entre nous. Bien qu'il ait baissé la tête, Alex semblait très attentif, les mains dans les poches, se tenant rigoureusement immobile.

— Ta démission ? répéta-t-il.

Il parut réfléchir, les yeux toujours rivés au parquet de chêne.

— Si tu veux une recommandation, pour n'importe quel cabinet de Londres, tu l'auras, ajouta-t-il d'une voix sourde.

— Non, ce n'est pas ça. J'aime travailler avec toi, mais je ne peux pas faire semblant de…

— De quoi ?

Relevant brusquement la tête, il me considéra avec une expression désemparée qui ne lui ressemblait pas.

— Alex, plaidai-je, je ne sais pas jouer la comédie. Tu es mon employeur, mon ami, depuis deux ans je te voyais d'une certaine manière, qui s'est complètement brouillée à présent. J'ai peur de ne pas avoir la bonne attitude, je…

— Reste toi-même, ce sera parfait.

— Faire comme si de rien n'était ? Tu rêves !

— Je n'ai pas l'intention de t'entraîner dans les coins sombres, dit-il avec une nuance d'exaspération qui ne me visait pas. Je ne déposerai pas de lettres d'amour sur ton bureau et je ne te déshabillerai pas du regard dès que je te croiserai. De quoi as-tu peur ? De toi-même ?

C'était une question assez déloyale, mais il mettait toujours le doigt sur les failles des autres. Indiscutablement, je trouvais très pénible de me découvrir si différent de ce que j'avais cru jusque-là. Alexander avait réussi à m'embrasser sans que je proteste, et chaque fois qu'il m'avait tenu contre lui j'avais éprouvé du désir, pas du dégoût. Je pouvais toujours le fuir, ça ne changerait plus rien.

— Je ne veux pas que tu t'en ailles, Mark.

Il l'avait dit très doucement, en hésitant un peu, prêt à transiger, or il ne faisait jamais aucune concession. À l'évidence, je lui posais un réel problème.

— Je te promets de ne rien tenter qui puisse te mettre mal à l'aise.

— Je le suis déjà, Alex ! Forcément... Pour la bonne raison que tu ne me laisses pas indifférent.

M'entendre l'énoncer fut une vraie surprise, pour lui comme pour moi. Mais avais-je besoin de le préciser ? Il le savait, de toute façon.

— Merci, répondit-il avec un sourire désarmant.

Jusqu'au 20 décembre, nous eûmes un travail dément au cabinet. Les secrétaires étaient à cran, les associés débordés et les stagiaires effarés par l'activité qui nous tombait dessus.

Les récents succès d'Alexander devant la chancellerie et la division du banc de la reine occasionnaient un afflux de clients auquel nous avions du mal à faire face. J'examinais et triais la plupart des cas avant de les lui soumettre, sans pour autant négliger les recherches nécessaires aux dossiers en cours.

Dans cette ruche où bruissait une activité continue, nous n'avions le temps de penser à rien d'autre qu'au retard qui s'accumulait malgré nos efforts. À maintes reprises, nous restâmes les derniers, Alex et moi, profitant de la paix des bureaux désertés le soir pour faire le point sur tel ou tel article de droit.

Fidèle à sa parole, il se comportait avec moi de la manière la plus naturelle qui soit. Amical, exigeant, ni plus ni moins chaleureux que de coutume. Un samedi, il nous emmena, Joyce et moi, écouter une symphonie de Brahms, dirigée par Simon Rattle qui était son chef d'orchestre préféré. Pour une fois, Dimitri nous accompagnait. Très remarqué à l'entrée du Royal Albert Hall, il écarta les photographes avec une certaine nervosité. Le décès de George Leander n'y changeait pas grand-chose : Alex ne supporterait plus de se retrouver dans un journal à scandales, et Dimitri ne voulait sans doute pas courir ce risque.

Nous allâmes ensuite dîner tous les quatre au Bluebird, un restaurant branché à la façade Arts-Déco, où nous passâmes une excellente fin de soirée. Gai, détendu, Alexander savait être d'une si agréable compagnie que j'en oubliais presque mes angoisses. Au bout du compte, on pouvait très bien faire « comme si de rien n'était ».

En rentrant, ce soir-là, Joyce me répéta combien elle adorait Alex et se réjouissait du week-end à venir. Nous devions partir le jeudi matin, et déjà elle ne tenait plus en place. Le choix de ses tenues lui causait au moins autant de soucis que les cadeaux de Noël, l'obligeant à bâcler ses articles au journal pour avoir le temps de courir les boutiques. Évidemment, elle se torturait au sujet d'Alexander, se demandant ce que nous allions lui offrir. Pour qu'elle se taise, je la pris dans mes bras. Je n'éprouvais aucune gêne à lui faire l'amour passionnément, là non plus il semblait n'y avoir rien de changé, j'apprenais à mes dépens que je pouvais la désirer autant qu'avant, même en ayant frémi sous une autre main que la sienne.

Le mercredi, jour de fermeture du cabinet, Alex offrit un pot à l'ensemble des associés et du personnel, présentant ses vœux de Noël à tous. À cette occasion, il nous parut particulièrement enjoué, presque exubérant, comme si la perspective des fêtes l'enchantait, et je fus sans doute le seul à me sentir angoissé par sa joie.

*

J'ose à peine respirer, de peur de le faire fuir. Il s'est endormi ici, ce qui ne lui arrive jamais, et à la lumière de la lampe de chevet qu'il n'a pas éteinte, je le regarde.

Il m'a emmené au Grenadier, où nous avons fini par dîner après avoir vidé toute une série de Bloody Mary. À table, il m'a offert une montre en platine à mes initiales, merveille de joaillerie d'une parfaite discrétion. Plutôt dans son goût que dans les miens, mais j'étais bouleversé qu'il y ait pensé. De retour ici, il est monté avec moi jusqu'au second, et je n'ai rien eu à faire pour le retenir, c'est lui qui a pris l'initiative.

Pas la peine de se raconter des histoires, tant qu'il ne m'aura pas flanqué dehors je m'accrocherai à lui dans l'espoir d'un autre moment comme celui-ci.

Je n'arrive pas à deviner où il en est avec Mark, son attitude est complètement indéchiffrable. Attend-il d'être à Donagh pour passer à l'acte ? S'il a ce culot, avec Joyce sous le même toit, c'est qu'il aura décidé de jouer le tout pour le tout. L'autre soir, lorsque nous écoutions cette symphonie de Brahms, je l'ai épié dans l'obscurité de la salle. À un moment, d'un geste anodin, il a gentiment pris la main de Joyce qui était assise à côté de lui, mais c'est à Mark qu'il a jeté un coup d'œil rapide, aigu.

Il veut partir tôt demain matin. À quelle heure dois-je le réveiller pour que Stan le trouve sagement dans son lit ? La pendulette indique trois heures, je distingue le cadran à travers les boucles blondes d'Alex.

Ma valise n'est pas prête, je ne sais pas trop quoi emporter à part un smoking. Je dépense beaucoup d'argent dans les vêtements, mais j'ai bien peur de choquer les amis d'Alexander si je m'habille comme j'en ai envie. La mode est au baroque, au gothique, et ces deux tendances qui m'amusent follement risquent d'être très déplacées dans ce temple de la tradition que semble être Donagh Castle. Comment Alex compte-t-il sauver les apparences, là-bas ? En me donnant une chambre voisine de la sienne ? Viendra-t-il m'y retrouver, sur la pointe des pieds, après les douze coups de minuit ?

Parmi les gens qu'Alex a invités, hormis Mark et Joyce je ne connais personne. Il y aura deux de ses cousins, presque aussi titrés que lui, un membre du cabinet qui est secrétaire d'État, un juge de la Haute Cour accompagné de son épouse, un de ses anciens professeurs de Cambridge devenu une sommité de la philosophie, deux lords avec lesquels il joue au tennis et au polo… J'ai oublié les autres, dans le même registre. Ah, si !

Il a parlé d'un jeune pianiste, qui commence à être célèbre, et qui s'ennuiera sans doute autant que moi.

Alex bouge un peu, se retourne, enfouit sa tête dans l'oreiller. Il est l'homme le plus excitant que j'aie jamais vu, même quand il dort. Avec d'infinies précautions, je remonte le drap sur lui, frôlant son épaule au passage. Il a une jolie peau satinée, des muscles fins, pas un atome de graisse superflue. L'âge ne le marque pas encore, ou à peine, et de toute façon, ses rides auront du charme, il est ainsi fait, il sera sans aucun doute un très beau vieux monsieur... mais je ne le verrai pas.

Tout à l'heure, le sommeil l'a pris par surprise parce que je lui parlais à voix basse de choses sans importance pour lui. Mon univers de danseur étoile ne lui inspire qu'un intérêt poli, il ne m'écoute vraiment que lorsque je lui raconte la Russie. Peut-être accepterait-il un voyage à Saint-Pétersbourg si je le lui proposais ? Mais revoir les miens, ce serait aussi les quitter de nouveau et je n'en aurai jamais la force. Pourquoi ne suis-je pas arrivé à les convaincre que la vie ici est mille fois plus agréable ?

L'est-elle ? Le brouillard vaut-il mieux que le blizzard ? La Tamise que la Neva ? Ceux de ma famille partagent la fierté hautaine des natifs de Saint-Pétersbourg, toutes classes sociales confondues, et sont persuadés qu'ailleurs tout est moins grand, moins beau. Avant, j'étais comme eux ; aujourd'hui, je n'en sais plus rien.

Seulement bien sûr, cette année, on fêtera le trois centième anniversaire de la jeune Cité des tsars. Il va se passer des événements extraordinaires là-bas. Il paraît que la ville est en pleine réfection, que nuit et jour des équipes d'ouvriers venus de tout le pays travaillent à rendre leur lustre aux monuments, aux rues, aux places... Ma mère m'a écrit que je ne reconnaîtrai plus ma ville. Comment peut-elle croire une chose pareille ? Je suis empreint de la Russie pour mon éternité, même si je dois ne jamais rentrer chez moi !

Dans son sommeil, Alex soupire. À quoi rêve-t-il ? Il ne se confie pas, en tout cas pas à moi. Ce que je sais de lui, je le lui ai arraché mot à mot. Un Leander ne se livre pas, s'abandonne encore moins, j'ai fini par le comprendre, sans toutefois m'y résigner. Pourquoi ne laisse-t-il pas tomber le masque glacé qui l'étouffe ? Je voudrais tant avoir accès à ses pensées les plus secrètes ! Savoir ce que dissimule son regard presque transparent. Découvrir de quelle nature est la douleur qu'il porte en lui, comme chacun d'entre nous. Cependant, si je le perçais à jour, me tolérerait-il encore ?

*

Seigneur Dieu ! Je suis époustouflée par Donagh ! C'est plus monumental, plus fastueux, plus imposant que tout ce que m'avait décrit Mark.

Alexander nous a accueillis dans ce qu'il appelle le « petit » salon bleu. Moins grand que les trois salons d'apparat aperçus au passage, c'est vrai, car dans chacun de ceux-là on devrait pouvoir organiser un bal avec orchestre. Le mobilier est dément, on marche ici sur des tapis que d'autres suspendraient dans des vitrines, on pose son verre sur des pièces de musée, on ne peut pas dénombrer les tableaux de Holbein, Gainsborough ou Hogarth, j'ai même vu un sublime Van Dyck.

Pour le moment, nous sommes en comité restreint, la plupart des invités n'arriveront que demain matin. Un personnel très stylé s'affaire à prévenir nos moindres désirs, par exemple la jeune fille qui a défait nos bagages est aussitôt allée porter mes robes et les chemises de Mark à la lingère afin de les lui faire repasser. Notre chambre est magnifique, tendue de soie sauvage bleu pâle, avec un vrai lit à baldaquin. Mark ne la connaissait pas, il a dormi ailleurs quand il est venu ici.

Je suis vraiment enchantée d'être enfin à Donagh. Au journal, je vais rendre les autres filles vertes de jalousie quand je leur raconterai mon Noël.

Dimitri est encore plus silencieux que d'habitude. Vêtu d'un col roulé prune en angora et d'un pantalon de daim un peu trop ajusté, il a une silhouette à damner tous les saints, mais il paraît complètement déplacé dans ce cadre. À mon avis, il se demande ce qu'il fait là, il ne parviendra jamais à se mélanger aux invités d'Alex. Prêt à bouder tout ce qui l'entoure, il ne regarde avec compassion que les domestiques.

Les décorations de Noël sont discrètes, sophistiquées, disposées un peu partout avec un goût exquis. Quant aux énormes bouquets de fleurs qu'on trouve dans chaque pièce, ils n'ont rien d'artificiel !

Alexander sait recevoir, je crois que nous irons de surprise en émerveillement. Il porte un costume trois-pièces gris clair qui semble avoir été taillé sur lui par Versace, une chemise blanche avec une cravate gris perle piquée d'une épingle en diamant, et malgré tout il est aussi détendu que s'il sortait de sa douche. J'adore sa façon d'être, sa gentillesse, les sourires craquants qu'il m'adresse. Nous sommes sans doute, Mark et moi, les plus modestes de ses invités, et pourtant il nous entoure d'attentions exquises.

Lady Annabel essaie de parler du Kirov à Dimitri et il lui rappelle qu'aujourd'hui ce théâtre s'appelle Mariinski. Oui, il est bien issu de leur école, celle-là même qui a formé Noureïev et Barychnikov, non, il ne regrette pas de l'avoir quittée, à l'instar de ses illustres prédécesseurs. Elle l'écoute, le regarde, avoue qu'elle ne l'a malheureusement vu danser qu'à la télévision, n'allant pas souvent à Londres, mais qu'elle a une admiration folle pour lui. Comme elle paraît sincère, il finit par lui sourire. Sait-elle qu'elle s'adresse à l'amant de son fils ? De temps en temps, son regard navigue de Dimitri à Alexander et on sent qu'elle s'interroge. En tout cas, elle a été charmante avec Mark, on dirait presque qu'il a déjà ses habitudes ici !

Après déjeuner, une promenade est prévue dans le parc si le temps, relativement clément, se maintient. Pour ce que j'ai pu voir, en arrivant, les jardiniers ont forcé sur les roses de Noël, il y en a partout, une vraie féerie. Ce week-end s'annonce extraordinaire, encore plus magique que je ne l'imaginais.

*

Joyce s'extasiait sur tout, aussi heureuse qu'une gamine. La première journée à Donagh l'avait enthousiasmée au point de lui ôter son sens critique, elle s'était même récriée devant les savons Chanel disposés au bord de la baignoire. À force d'écrire sur la vie des princesses, avait-elle l'impression d'en faire l'expérience ?

Le vendredi matin, je descendis tôt pour le breakfast, et quand je pénétrai dans la salle à manger, Alexander y était seul, debout devant les dessertes, son assiette à la main, perdu dans la contemplation de tout ce que la cuisinière avait jugé bon de préparer. Il salua mon entrée d'un sourire spontané, irrésistible.

— Bien dormi, Mark ? Votre chambre vous convient ?

— Parfaitement, mais je regrette un peu la suite jaune, plaisantai-je. À qui l'as-tu attribuée ?

— À personne, bien sûr, puisque c'est la tienne.

C'était la première allusion qu'il se permettait depuis plusieurs semaines, et je cherchai en vain quelque chose à lui répondre. Avait-il laissé sciemment cette chambre inoccupée ? Dans ce cas, où avait-il installé Dimitri ? Pas dans son lit, j'en avais la quasi-certitude, ce n'était pas le genre de comportement qu'il pouvait avoir ici. Ce qui, je devais bien l'admettre, me faisait plaisir. Toutefois, si je me mettais à éprouver ne serait-ce qu'une once de jalousie vis-à-vis de Dimitri, je n'avais plus aucun espoir de sortir indemne de ce week-end !

— Choisis pour moi, dit Alex en me mettant son assiette dans la main, le temps que je me décide, je n'aurai plus faim.

Je lui préparai un assortiment de ce qu'il aimait, allai le lui déposer sur la table et revins me servir. Alors que nous bavardions de tout et de rien, Dimitri nous rejoignit. Fidèle à lui-même, il portait un jean à moitié déchiré qu'il avait déniché dans un magasin de Camden Town, avec une chemise de soie blanche à col ouvert qui lui donnait véritablement l'air d'un prince russe. Alex le regarda approcher sans expression particulière, se bornant à constater :

— Tu vas avoir froid.

Au lieu de lui répondre, Dimitri se tourna vers moi.

— Ne me dis pas que vous étiez en train de travailler, tous les deux ? C'est le week-end de Noël, faites-nous la grâce d'une pause !

Où avait-il si bien appris l'art du sous-entendu ? Je n'avais plus besoin de me demander pourquoi il me détestait, ses yeux sombres parlaient pour lui.

— Quel est le programme de la journée ? lança-t-il en mettant quelques légumes crus et un filet de poisson fumé sur son assiette.

— Chacun fera ce qu'il veut, répliqua Alexander d'un ton un peu trop sec. J'aurai juste besoin d'aide pour décorer le sapin cette après-midi.

— Je suis partante ! claironna Joyce, depuis le seuil de la salle à manger. Mon Dieu, que tout ça est appétissant…

Elle l'était elle-même, moulée dans une jupe de velours noisette, avec un petit spencer assorti et des bottes fauves.

— Tu es superbe, chérie, lui dit Alex en la détaillant d'une manière qui aurait dû m'inquiéter.

Aux anges, elle alla se servir, faisant honneur au breakfast, et Alexander en profita pour me dire :

— Tiens, voilà les Cullen qui arrivent, viens m'aider à accueillir le juge, tu le connais.

À travers l'une des fenêtres, j'aperçus Dick qui tenait la portière d'une limousine dont s'extirpa Douglas Cullen. J'accompagnai Alex dehors, fasciné par sa manière de recevoir les gens. En quelques phrases courtoises, il réussit à mettre à l'aise le juge et son épouse, à les faire rire, à les persuader qu'ils étaient les bienvenus, néanmoins très privilégiés d'avoir été invités. Du grand art, qui nécessitait sans aucun doute des siècles de tradition derrière soi pour être à la fois si chaleureux et si peu familier.

Juste après les Cullen, Alex reçut ses cousins, puis le secrétaire d'État, Angus Rich, à qui il accorda cinq minutes de plus qu'aux autres, sur le perron. Chaque fois que je voulais m'éloigner, par discrétion, Alexander me faisait signe de rester, et lorsque tout le monde eut pénétré dans la maison, il m'entraîna vers les écuries.

— Il y a eu un poulain malade, cette nuit, je veux savoir ce qu'a dit le vétérinaire, m'expliqua-t-il.

Il faisait trop froid pour tenir dehors sans manteau et Dick alla nous chercher deux vestes Barbour dans le vestiaire. Une fois aux écuries, Alex s'entretint un moment avec le palefrenier en chef tandis que je faisais le tour des boxes. Dans l'un d'eux, un magnifique alezan attira mon attention et j'ouvris la porte afin de mieux le voir.

— C'était le cheval préféré de George, mais il ne le montait plus guère, déclara Alexander en entrant derrière moi.

— Comment va le poulain ?

— Il est tiré d'affaire.

— Tu prends ton rôle de propriétaire terrien très au sérieux, on dirait…

Il se mit à rire, égayé à cause de Noël ou du poulain guéri, ou seulement parce qu'il était heureux d'être à Donagh.

— Je prends *tout* très au sérieux, y compris le fait que tu sois venu.

Tournant le dos à l'alezan, à qui il venait de donner une pomme, il me regarda bien en face.

— Mark…, murmura-t-il.

L'inflexion de sa voix était d'une tendresse affolante. J'eus l'impression très nette que si je demeurais là une seconde de plus, dans la tiédeur de ce box plein d'une bonne odeur de paille fraîche, Alexander n'aurait qu'à tendre la main vers moi pour que je me retrouve dans ses bras.

— Tes invités doivent t'attendre, Al.

— Oui.

— On y va ?

— Oui.

Mais il ne fit aucun pas vers la porte, conscient de dominer la situation, et je ne bougeai pas non plus, prisonnier de son regard. Finalement, ce fut l'arrivée du palefrenier, un seau d'avoine à la main, qui me sauva.

Pour minime qu'il ait été, l'incident mit Alex d'excellente humeur. Durant le déjeuner, servi dans la grande salle à manger, il se montra particulièrement brillant, au point qu'à la fin du repas tout le monde était sous le charme, jusqu'à lady Annabel qui rayonnait. À mon avis, elle commençait à ne plus regretter d'avoir dû abandonner son pavillon de chasse.

Les cousins d'Alex, Rodney et Cecil, semblaient aussi différents l'un de l'autre qu'on peut l'être. Rodney, en rupture de ban avec sa famille, était l'un de ces golden boys de la City pour qui la Bourse et les finances n'ont aucun secret, tandis que Cecil, oisif et fier de l'être, se bornait à collectionner les trophées gagnés dans des compétitions de polo. Leur point commun résidait dans l'humour, ainsi que l'art de la conversation, mais ni l'un ni l'autre ne parvint à rivaliser avec Alex tant il était en forme. Angus Rich, le secrétaire d'État, finit par déclarer qu'Alex, avec ses dons d'orateur et son sens de la repartie, aurait dû se lancer dans la politique.

— Vous nous auriez sans doute épargné Tony Blair et son ahurissante démagogie, assura-t-il.

Les cousins Leander échangèrent avec Alex un regard amusé, sachant tous trois à quoi les véritables aristocrates ne s'abaisseraient jamais.

Placé à ma gauche, le Pr David Moss n'avait pas été très bavard jusque-là, cependant il n'avait rien perdu des échanges, exprimant par un sourire persistant la sympathie que lui inspirait son ancien élève. Moss avait publié plusieurs ouvrages de philosophie qui faisaient autorité, il donnait des conférences à travers toute l'Angleterre et disposait d'une chaire à Cambridge, dont il était l'une des célébrités. Avec une abondante chevelure poivre et sel, un col roulé noir sous son élégant costume gris, de fines lunettes cerclées d'acier, il avait exactement l'allure qu'on attendait de lui, celle d'un intellectuel raffiné. Quand je lui demandai quel genre d'étudiant avait été Alexander, son sourire disparut.

— Doué. Capable de réflexion critique et sachant penser par lui-même. Très conscient des contradictions qui habitent chaque homme. Perspicace et… déterminé.

Un peu étonné par cette réponse lapidaire, je remarquai le coup d'œil peu amène que Moss lança à Alex.

Ainsi qu'on pouvait s'y attendre, le seul avec qui Dimitri bavarda fut ce jeune pianiste prodige du nom de Bob Marshall, qui avait l'air d'être le descendant direct de Franz Liszt avec ses cheveux trop longs et son regard mélancolique. Après le café, Alexander réussit à le persuader de nous offrir un minirécital, et nous nous transportâmes jusqu'au salon de musique où trônait un somptueux Steinway à queue, au milieu de deux rangées de chaises disposées en arc de cercle.

Tout en écoutant Bob – qui jouait divinement –, je surpris quelques sourires entre lady Annabel et Angus Rich, ce dernier s'étant assis à côté d'elle. Alex devait l'avoir remarqué aussi car il paraissait soudain tendu et, pour manifester sa désapprobation, il finit par quitter le salon entre deux morceaux.

La fin de l'après-midi fut occupée par la décoration du sapin, qui provoqua nombre de fous rires ainsi qu'une chute spectaculaire de Joyce du haut de l'escabeau, magistralement rattrapée au vol par Alexander.

— Vous préparez une exhibition pour un cirque ? leur lança Dimitri qui accrochait, d'assez mauvaise grâce, des étoiles filantes au bout des branches.

D'un carton, Angus sortait des boules dorées qu'il passait avec précaution à lady Annabel, et celle-ci virevoltait autour de l'arbre, ravie. À un moment donné, elle trouva Alex sur son chemin, mais elle l'évita en déclarant, sans même le regarder :

— Ton grand-père adorait Noël ! Il disait que c'était une trêve pour tout le monde, n'est-ce pas ?

Peut-être désirait-elle seulement l'attendrir, toutefois elle obtint l'effet inverse.

— Je ne tiens pas à ce que vous me parliez de George, répliqua-t-il entre ses dents.

Imperturbable, elle prit une boule des mains d'Angus, qu'elle gratifia d'un sourire prometteur. L'agressivité manifestée par son fils avait au moins de quoi la rassurer sur un point : il était loin d'être indifférent à ce qu'elle faisait.

— George me laisse le souvenir d'un homme remarquable, lâcha David Moss en s'adressant à lady Annabel.

Comme il n'avait pas participé à la décoration du sapin, je ne m'étais même pas aperçu de sa présence, cependant il était là, nonchalamment appuyé au dossier d'une bergère, et devait nous observer depuis le début. La mise en garde d'Alex semblait avoir stimulé chez lui un certain esprit de contradiction, car il continua d'évoquer George Leander.

— J'appréciais beaucoup sa conversation, poursuivit-il. Il se montrait toujours d'une grande rigueur, et...

— Rigueur ou rigidité ? ironisa Alex.

— Je n'emploie jamais un mot pour un autre, riposta Moss. Vous vous en souvenez, je pense ?

— Certainement. Et aussi que George vous tenait en haute estime, comme un ami fidèle et loyal.

Alex avait répondu en le regardant droit dans les yeux, et Moss parut se tasser sur lui-même, avant de baisser la tête.

— Mark, viens m'aider, je suis trop petite ! s'exclama Joyce.

Sur la pointe des pieds, elle se débattait avec une guirlande. Plus rapide que moi, Dimitri la prit par la taille et la souleva avec une facilité déconcertante, la juchant gracieusement sur son épaule. L'éclat de rire de Joyce amusa le juge Cullen, qui m'adressa un clin d'œil destiné à me faire comprendre qu'il trouvait ma femme tout à fait charmante.

Vers six heures, Cecil Leander suggéra une partie de Trivial Pursuit qui fut acceptée à l'unanimité. Alex nous entraîna alors dans la bibliothèque, où un domestique s'empressa de venir nous servir le thé sous la surveillance de Dick. Deux équipes furent constituées, l'une autour d'Alex, dont je faisais partie, et l'autre autour de David Moss.

Durant plus d'une heure, les deux camps restèrent à égalité, aussi savants l'un que l'autre, et seuls les dés nous donnaient un léger avantage lorsque Moss nous lut la carte qui nous était destinée.

— « Où et en quelle année Édouard II a-t-il été vaincu par Robert Ier, lequel rendit ainsi son indépendance à l'Écosse ? »

— 1314, répondit Alex sans hésiter. Mais pour l'endroit…

Il se tourna vers ses équipiers qui n'avaient pas la moindre idée de la réponse, moi le premier.

— Concertez-vous, dit Moss en retournant le sablier, vous avez trois minutes.

— Un roi faible, cet Édouard, ricana le juge Cullen. Il ne s'intéressait qu'à ses amants !

L'indication ne nous était d'aucune utilité mais, au même instant, lady Annabel crut bon de déclarer, très étourdiment :

— Tu devrais savoir ça, Al chéri.

Moss leva les yeux et considéra Alexander avec curiosité, comme s'il se demandait quelle allait être sa réaction. Il y eut quelques instants de silence durant lesquels Alex garda la tête baissée. Réfléchissait-il toujours à la question posée ou ruminait-il la réflexion de sa mère ?

— Vous aviez une excellente mémoire, je crois ? lui dit Moss au bout d'un moment. Si je vous rappelle qu'une statue équestre…

— … de Robert Bruce, bien sûr ! C'est à Bannockburn.

— Bravo, bonne réponse.

— Non, vous m'avez aidé. À vous de jouer.

Alex poussa le dé vers lui d'un geste agacé tandis que lady Annabel dissimulait son embarras en resservant du thé, sans doute désolée de sa maladresse qui pouvait passer pour une attaque personnelle et ne faisait qu'envenimer ses rapports avec son fils.

Finalement, Moss fit atterrir son pion sur une case « Sports et loisirs », et nos adversaires furent incapables de se mettre d'accord sur le vainqueur de la Coupe Davis en 1927. Ils proposèrent l'Australie alors qu'il s'agissait de la France, ce qui les fit chuter.

— Être vaincu à cause des Français me consterne, soupira Moss.

— De toute façon, vous n'aviez aucune chance de gagner, lui répondit Alex d'un ton léger.

Mais son regard était incisif, et j'eus la certitude qu'un contentieux existait entre lui et son ancien professeur. De quel ordre ?

— Vous êtes égal à vous-même, vous n'avez jamais douté de rien, marmonna Moss.

Négligeant de lui répondre, Alex s'adressa au reste de l'assemblée.

— Ce soir, je vous réserve d'ailleurs la surprise d'une coutume française. Nous aurons un vrai réveillon de Noël, ce serait trop triste d'aller se coucher de bonne heure, n'est-ce pas ?

Angus Rich parut ravi de cette initiative, qui rompait avec les habitudes anglaises, surtout lorsqu'il apprit que le traditionnel déjeuner du lendemain aurait lieu lui aussi.

— Vous nous offrez décidément tous les plaisirs ! se récria-t-il.

Sans se départir de son calme, quoi que cette réplique ait pu avoir d'ambigu, Alex se contenta de sourire tandis que son regard m'effleurait.

*

Bon, je n'ai pas pu m'empêcher de le lui reprocher, tout en sachant que j'aurais mieux fait de me taire, mais cette exhibition du malheureux pianiste m'a révolté.

— Tu l'as invité pour ça ? Pour qu'il régale tes amis d'un intermède musical ? Une manière de payer son séjour parmi des gens qui ne sont pas de son monde ? Tu as vraiment tout du mécène, Alex, condescendance comprise. Alors, fais bien attention, ne me demande surtout pas de vous danser un « petit quelque chose » !

La manière dont il m'a dévisagé – un peu surpris, un peu peiné – est une preuve flagrante de son talent de comédien. Et, sans juger bon de se défendre, il m'a planté là.

Son numéro de voltige avec Joyce devant le sapin était très réussi. Il en a profité pour la serrer une seconde de trop dans ses bras, et on sentait qu'elle y aurait volontiers passé toute la soirée. C'est ce qui s'appelle faire de la provocation, Mark finira par réagir, mais duquel des deux sera-t-il le plus jaloux, c'est toute la question.

Cette maison m'épouvante. George Leander devait être un homme au cœur de glace, il n'a pas prévu un seul endroit intime ou fantaisie, partout le luxe des siècles passés vous tombe dessus comme une chape de plomb. Alexander évolue ici avec une parfaite aisance, évidemment, il a été élevé sous les lustres et les plafonds aux armes de la famille, pour lui tout est banal. Élevé n'est d'ailleurs pas le mot juste, je pense plutôt qu'il a été maté, dressé, coulé de force dans un moule unique où il a été étouffé. Quel autre homme serait-il devenu sans la poigne de fer de son grand-père ? Meilleur ou pire ? Je penche pour la première hypothèse.

La chambre qui m'est dévolue se trouve très loin de la sienne, et je ne suis pas assez naïf pour supposer qu'il s'agit d'un hasard. Malgré la douceur des boiseries d'acajou et la froide originalité de la salle de bains contiguë, décorée à la japonaise, je n'arrive pas à m'y plaire.

Une fois terminé ce stupide jeu de questions-réponses qui a failli mal tourner, nous sommes montés afin de nous préparer pour ce grand dîner de Noël incongru qui doit être, j'imagine, un hommage à Mark et à ses origines françaises ! Après avoir tourné en rond pendant un quart d'heure, je suis allé frapper chez Alex sous prétexte de lui emprunter des boutons de manchettes. Il m'a reçu sur le seuil de sa chambre, décidé à ne pas me laisser entrer chez lui, assez distant pour me faire regretter mes réflexions sur le pianiste.

— Dick t'en apportera dans cinq minutes, tu n'auras qu'à choisir. À moins que tu ne veuilles ceux-là ?

Il devait être en train de s'habiller, sa chemise de smoking était ouverte jusqu'à la taille, la ceinture de soie pas encore agrafée. Dans cette tenue, il aurait pu séduire un moine vertueux, et la manière dont il a lentement retiré ses propres boutons de manchettes pour me les glisser dans la main était digne d'un excellent strip-tease. Il y a des moments où je le hais.

Un peu avant huit heures, nous nous sommes tous retrouvés dans le gigantesque salon blanc et or où trône le sapin, et Alex nous a annoncé que ceux qui souhaitaient assister à la messe de Noël pouvaient le suivre jusqu'à la chapelle où le prêtre du village allait, faveur rarissime, officier rien que pour nous. Personne n'a osé décliner l'invitation, et à présent nous avons droit à notre célébration privée.

Avec ses vitraux délicats, ses bancs sculptés, son sol de marbre rose et gris, la chapelle est un petit bijou, mais je ne parviens pas à me recueillir. Après avoir tant souhaité venir à Donagh, je m'y sens très mal à l'aise. Je ne suis pour Alex qu'un hôte parmi d'autres, il ne m'accorde aucune attention particulière, ce qui me permet de l'observer à loisir. Son attitude est éloquente, même s'il s'oblige à ne pas regarder Mark, ni à l'approcher de trop près, il n'est jamais loin de lui. Lorsqu'il s'adresse à lui, sa voix change et son sourire le trahit. Pourquoi n'ai-je pas eu la force de rester seul à Londres ? Étais-je si curieux d'assister à ma propre défaite ?

Le pauvre Bob Marshall, qui décidément ne sait pas quoi faire pour remercier le Ciel d'être là, a la complaisance de se glisser derrière l'orgue. Ce qu'il joue est d'une insupportable émotion. Au milieu de la cour de ses invités dociles, Alex prie, la tête penchée, et je me demande quel service supplémentaire il peut bien espérer de Dieu !

*

La cuisinière s'était surpassée. Si le foie gras venait de France, le caviar d'Iran et les saumons d'Écosse, Martha avait mis tout son savoir-faire dans la confection de la tourte au ris de veau et du civet de chevreuil. Les vins servis étaient à la hauteur, du pomerol au gevrey-chambertin en passant par le vosne-romanée de 1967, année exceptionnelle pour les bourgognes d'après Douglas Cullen.

À la fin du dîner, nous étions aussi joyeux et exubérants qu'une bande d'étudiants en goguette. Nous gagnâmes alors le grand salon gris et or, où le sapin brillait de tous ses feux, afin de procéder à la remise des cadeaux sans attendre le lendemain. Les innombrables paquets entassés au pied de l'arbre furent distribués, provoquant des exclamations ou des rires, dans une atmosphère de fête très réussie.

Mais la première fausse note vint d'Angus, qui s'attarda un peu trop à remercier lady Annabel pour un banal coupe-papier en argent qu'elle n'avait pourtant pas dû se donner la peine d'acheter elle-même. De l'autre bout du salon, je vis Alexander blêmir de rage en observant les minauderies de sa mère.

L'épouse du juge Cullen, par manque d'imagination, avait offert le même agenda en cuir gold à tout le monde, alors que les cousins Leander s'étaient manifestement creusé la tête pour rivaliser d'humour à travers les babioles choisies. Bob, le pianiste, donna à chacun son dernier disque, quant à Dimitri, il avait dévalisé la Tea House de Covent Garden, dénichant quelques accessoires déments.

Alexander, plus sobre, avait fait ses courses chez Harvey Nichols, ou encore Selfridges. Joyce et moi eûmes droit au même stylo en or dans ses versions homme et femme, avec nos prénoms gravés.

Joyce offrit son cadeau à Alex en tout dernier. Il s'agissait d'une épingle de cravate ancienne qui, certes, nous avait coûté assez cher, mais ne méritait sûrement pas qu'il prenne ma femme dans ses bras pour l'embrasser sur la bouche avec un tel enthousiasme. D'abord désagréablement surpris et ne sachant comment réagir, je fus estomaqué de le voir peu à peu transformer l'étreinte en un véritable baiser de cinéma qu'il prolongea bien au-delà de l'acceptable – et qu'elle ne chercha pas une seconde à interrompre.

J'avais beau être horrifié, j'étais cloué au sol. Quand il la lâcha, il tourna la tête vers moi, et me considéra d'une telle manière que j'eus l'impression d'être exécuté sur place. Il me provoquait, me lançait un défi que je ne pouvais pas relever car il ne concernait aucunement ma femme, malgré les apparences. J'aurais dû traverser le salon pour lui demander une explication, c'était sans doute ce qu'attendaient de moi ceux qui avaient remarqué la scène, et peut-être aussi Joyce qui semblait secouée. Mais j'en fus incapable, lisant dans les yeux d'Alex une véritable déclaration de guerre dont j'étais le seul à comprendre la signification.

Tout le temps que nous restâmes à boire du champagne, je me tins loin de lui, ne parvenant pas à me saouler malgré ma bonne volonté. Et lorsque, les uns après les autres, les invités commencèrent à se retirer, je ne bougeai toujours pas. Joyce décida de monter à son tour, après m'avoir chuchoté à l'oreille, en guise d'excuse, qu'elle était ivre. Je crois qu'elle se sentait coupable, toutefois je n'y pensais pas à ce moment-là. Dimitri était parti depuis longtemps et nous nous retrouvâmes en tête à tête, Alex et moi, au milieu du salon jonché de papiers déchirés.

Je n'étais ni furieux ni fatigué. La sensation qui me dominait était juste une indicible angoisse, car je savais très exactement ce qui allait arriver. Debout près du sapin, Alexander m'observait en silence. Au bout d'un moment, il s'approcha, s'arrêta devant moi et attendit patiemment, me laissant la possibilité de manifester ma colère ou tout autre sentiment. Comme je n'en faisais rien, il finit par murmurer, d'une voix très douce :

— Viens, Mark.

*

D'accord, j'ai eu tort. J'ai eu tort et je m'en veux, Mark était atterré, je l'ai bien vu, je ne sais pas s'il pourra me pardonner. Même dans l'exaltation de l'instant, j'aurais dû arrêter le jeu. Mais comment ? Alexander est si... Doux Jésus, sa façon d'embrasser ! Il aurait aussi bien pu me faire l'amour au milieu du salon, ça n'aurait pas été plus torride. Qu'est-ce qui lui a pris de se comporter comme un hussard ? Je lui plais à ce point-là ?

Mark n'a pas bronché, je trouve ça stupéfiant. Parce que Alex est son ami ? Son patron ? Plus probablement parce que jamais il ne me ferait honte en public, alors que je l'ai ridiculisé ! J'en suis malade rien que d'y penser. Qu'a-t-il dû éprouver ? Je lui tournais le dos au moment crucial, mais en revanche j'ai vu la tête de Dimitri, et je pense qu'Alexander aura droit à une scène cette nuit. Et nous ? Va-t-on se déchirer, Mark et moi ? Jusqu'ici, je ne lui avais donné aucune occasion d'être jaloux, et voilà que d'un seul coup j'ai dépassé les bornes. Pour ma part, je n'aurais jamais pu admettre qu'il me fasse une chose pareille, je serais entrée dans une colère noire.

Pourquoi ne monte-t-il pas ? Il s'engueule avec Alex ? Il boude ? S'il n'arrive pas tout de suite, je finirai par sombrer dans le sommeil, j'ai descendu au moins dix coupes de champagne, c'est de la folie. Faudrait-il que j'aille voir ce qu'ils font tous les deux ?

En y réfléchissant, le pire est que je ne regrette pas vraiment ce baiser. C'est terrible à admettre mais j'aurais raté quelque chose en m'y soustrayant, depuis le temps que je voulais savoir ce qu'on ressent dans les bras d'un homme comme Alex. Eh bien, c'est fait, et la surprise n'est pas bien grande, je l'ai évidemment désiré l'espace de quelques instants ! Si nous avions été seuls… Seigneur ! Mark l'a-t-il perçu ou croit-il seulement à une plaisanterie de très mauvais goût ? Après tout, Al et moi avons toujours marivaudé et flirté pour rire !

Pour rire ? Non, ce n'est pas risible. L'idée que Mark puisse être malheureux à cause de moi me consterne. Surtout un soir de Noël ! J'espère que cet incident ne nous gâchera pas la fin du week-end, pourvu qu'Alex présente ses excuses et que Mark les accepte. Je ne veux pas être à l'origine d'une brouille entre eux, ce serait trop injuste.

*

Étendu les bras en croix, je tentai de me récupérer, de redevenir celui que je n'étais plus, que je ne serais plus jamais.

« Va rejoindre ta femme, Mark », m'avait dit Alexander avant de partir, et je doutais du sens de ses mots. En sortant, il avait hésité une seconde sur le seuil, mais ne s'était pas retourné. Combien de temps étais-je resté dans la suite jaune avec lui ? Une heure ? Deux ? Joyce dormait-elle ? Et qu'allais-je lui raconter si par malheur elle m'attendait ?

Je me tournai sur le côté, trop hébété pour tenter autre chose que me recroqueviller dans la position du fœtus. Je me souvenais parfaitement de m'être débattu, pris de panique, sans qu'Alex cède, et aussi d'avoir gémi sans qu'il cherche à me faire taire. Sûr de lui, ou feignant de l'être.

« Va rejoindre ta femme, Mark. » Retrouver Joyce ? La regarder en face ? Non, impossible. Tout à fait impossible car j'avais *aimé* ce qui venait de se produire. À quoi avais-je donc songé en enlevant son smoking à Alex tandis qu'il m'arrachait le mien ? À rien, sinon à cette envie que j'avais de lui, qui me faisait à la fois le désirer et le repousser, terrorisé mais éperdu. Plus fort que moi, il aurait pu exiger davantage, au point où nous en étions, pourtant il m'avait relativement ménagé.

Et maintenant ? Qu'allais-je donc inventer comme parade pour échapper à l'étau d'une situation aussi intenable ?

La confusion et les remords commençaient à me submerger, et même s'ils arrivaient trop tard, ils menaçaient de m'asphyxier.

Je parvins à me lever, en proie à un vertige qui ne devait rien à l'alcool. Je remis ma chemise déchirée, mon smoking froissé. Avais-je vraiment bousillé mon existence pour deux heures à peine ? Deux heures d'un plaisir inconnu, violent, qui laisserait des traces.

Le lit, dévasté, ressemblait à un champ de bataille. Alex était-il allé tranquillement se coucher ?

Hagard, je quittai la suite jaune et me dirigeai vers ma chambre, longeant la galerie éclairée d'une série de veilleuses. Il n'y avait aucun bruit nulle part, par bonheur les murs épais de Donagh Castle protégeaient efficacement la vie intime de chacun.

« Va rejoindre ta femme, Mark. » Un conseil ? Une façon de me faire comprendre qu'il avait eu ce qu'il voulait, ou à peu près, et ne souhaitait plus rien d'autre ? Que, dorénavant, il me laisserait en paix ?

Je trouvai Joyce à moitié endormie, mais à moitié seulement, hélas ! Elle ouvrit un œil, me dévisagea, puis considéra avec stupeur mes vêtements avant de marmonner, d'une voix pâteuse :

— Tu t'es battu avec lui ? Oh, Mark, mon chéri, je suis tellement navrée ! Ce n'était qu'une mauvaise blague, tu le connais…

Parler la réveilla un peu et elle fit un effort pour se redresser.

— Viens, dit-elle en me tendant la main. Nous avons tous trop bu ce soir, et je crois qu'Alex ne savait plus ce qu'il faisait. Moi non plus, d'ailleurs. Tu m'en veux ?

De toute ma vie, je ne m'étais pas senti aussi misérable.

— Viens, Mark, répéta-t-elle, sans savoir qu'elle remuait le couteau dans la plaie.

Je marmonnai une excuse incompréhensible et m'enfuis vers la salle de bains.

*

Très impressionnante, la dégaine de Mark dans la pénombre ! Pour Alexander, la partie n'a pas dû être facile. Aurait-il essuyé un refus ? Ah, ce serait vraiment merveilleux ! À moins qu'il ne l'ait forcé, le salaud ? Mais non, il est trop avisé, il procédera par étapes s'il le faut.

Une authentique soirée de cauchemar, ce Noël à la française voulu par notre hôte… Le pensum se termine demain, merci mon Dieu. Vingt-quatre heures de plus et on finissait dans un drame shakespearien.

Alexander a une mère extravagante, qui fait manifestement tout pour le provoquer. Je pense qu'elle a tort, elle devrait pourtant savoir de quoi il est capable. De flirter avec Joyce, par exemple, à la fois pour défier Mark – car c'était bien lui qu'il regardait – et aussi pour persuader ses invités qu'il est un homme à femmes. Habile, non ? En ce qui me concerne, sa prestation m'a exaspéré, mais je ne vais pas être jaloux d'une fille en sachant qu'il les apprécie à peu près autant qu'un régime sans sel.

Je suis allé frapper plusieurs fois à sa porte, or il s'est enfermé. D'où venait Mark puisqu'il ne sortait pas de chez lui ?

Contrairement à ce qu'Alex imagine, je possède quelques notions d'éducation qui m'empêchent de tambouriner sur cette foutue porte en hurlant ce que je pense de lui. Faire voler en éclats l'ambiance feutrée de Donagh et forcer Alexander à se départir de sa réserve me soulagerait, toutefois je connais la limite à ne pas franchir.

Que s'est-il passé, au juste ? Mark avait l'air du spectre hantant Hamlet sur les remparts d'Elseneur. Croit-il avoir vu Satan ? Ce n'était sans doute que le très charmant lord Donagh à ses trousses !

*

Le lendemain, nous descendîmes tard, Joyce et moi, alors que tout le monde était déjà réuni dans le salon bleu pour l'apéritif.

Je me sentais si mal dans ma peau que, sans même m'en rendre compte, je me cramponnais à la main de Joyce. Depuis que nous étions réveillés, elle me câlinait, et comme je n'avais pas trouvé le courage de lui parler, ses excuses réitérées n'avaient fait qu'accentuer mon malaise.

Alexander, en costume bleu et cravate tartan, menait une conversation légère, badine, qui semblait un modèle du genre pour lendemains ou jours de fête. À notre arrivée, il nous adressa un sourire chaleureux, mais je le connaissais suffisamment pour discerner un peu de nervosité sous son apparence détendue. David Moss, plus disert que la veille, lui donnait la réplique avec une extrême finesse, jamais on n'aurait pu croire qu'il s'agissait d'un docte philosophe, ni qu'il avait failli s'accrocher la veille avec son ancien élève.

Fuyant le regard d'Alex, je restai debout derrière le fauteuil de Joyce, sans me mêler à aucune conversation, le nez dans un cocktail que je n'avais pas l'intention de boire. Le dernier à descendre fut Dimitri, habillé d'un pantalon de cuir noir clouté et d'une chemise en jean déchirée, délibérément trop ouverte. Même si, avec son physique, il pouvait tout se permettre, je trouvai qu'il y allait un peu fort dans la provocation. Il embrassa Joyce, me toisa, puis décréta qu'elle et moi avions l'air de jeunes mariés se réveillant de leur nuit de noces. Après cette réflexion détestable, il salua l'assistance d'un vague signe de tête boudeur, Alex compris. Le juge Cullen le considéra une seconde avec un tel air d'ébahissement qu'Alexander crut bon de s'interposer.

— Douglas, il faudra revenir chasser le renard avec moi cet hiver ! dit-il d'un ton enthousiaste.

Séduit, le juge approuva et se lança dans un éloge des chiens de meute, aperçus la veille alors qu'il se promenait du côté des chenils.

M'absorbant dans la contemplation du tapis persan, je n'écoutais plus. Je me sentais étranger à tous ces gens comme à moi-même, et impuissant à dominer l'angoisse qui m'étreignait de nouveau. Lorsque Alexander s'arrêta devant moi, le shaker à la main, je refusai d'un geste mais, contraint de lever la tête une seconde, je remarquai qu'il arborait notre épingle de cravate et j'eus envie de rentrer sous terre.

Le déjeuner, tardif, fut carrément royal. Les dessertes et consoles étaient semées de branches de houx, la table de pétales de roses rouges. Une multitude de bougies avaient été allumées dans des chandeliers de vermeil, et des corbeilles d'argent débordaient de fruits exotiques. Discret mais efficace, Dick veillait au ballet des domestiques.

La traditionnelle dinde se trouva remplacée par une oie farcie, remarquable, mais ensuite nous ne pûmes échapper au terrible et très indigeste *Christmas pudding*, suivi de l'incontournable stilton arrosé d'un porto millésimé. Bien entendu, je fus incapable d'avaler plus de deux bouchées et je me contentai de chipoter, les yeux rivés sur mon assiette, me demandant ce que je faisais là. Quelle dose d'hypocrisie ou d'amoralité me fallait-il pour être assis à cette table ?

En fin d'après-midi, après s'être attardés plus que de raison, les invités prirent un à un congé et Alexander dut passer l'heure suivante sur le perron, à abréger les remerciements. À nouveau seuls, lady Annabel, Dimitri, Joyce et moi ne savions plus quoi nous dire. Nous ne devions partir que le lendemain matin, et l'idée de la soirée à venir me rendait malade. Je voulais être ailleurs, mais où ?

Jusque-là, je n'avais pas essayé d'analyser mes sentiments, étant dans un état d'esprit trop confus pour y parvenir. Je croyais souhaiter qu'Alex m'ignore désormais, qu'il en reste là, pourtant je n'en étais pas tout à fait certain. Avoir été pour lui un simple caprice me donnait la mesure de ma naïveté ; et s'il s'agissait de quelque chose de plus sérieux, je ne me sentais pas de taille à en assumer les conséquences.

Néanmoins, je ne pouvais pas me réfugier plus longtemps derrière ma femme. C'était elle, la victime, pas moi. Durant un long moment, j'errai de pièce en pièce, cherchant un semblant de paix dans le fumoir, la bibliothèque, puis la salle de billard. Peu m'importait ce que faisaient les autres, ils avaient sûrement trouvé à s'occuper et j'avais besoin de réfléchir seul. Vivre avec Joyce et travailler avec Alexander allait être une torture sans mesure si je persistais à me taire. Mais parler pour dire quoi ? À ma femme, que je l'avais trompée avec un homme ? Que j'y avais pris du plaisir ? Et à Alex, quel genre de propos devrais-je tenir ? Lui reprocher de m'avoir eu aux sentiments, comme un collégien ? Il avait prétendu être amoureux pour me mettre dans son lit, la belle affaire ! Aurais-je préféré qu'il soit sincère ? Avais-je donc envie qu'il m'aime pour de bon ?

— Tu joues tout seul ? lança la voix froide d'Alexander.

J'en lâchai la queue de billard que j'avais décrochée machinalement et qui heurta le sol avec fracas. Au prix d'un gros effort, je lui fis face. Il se tenait sur le seuil mais, la suspension n'éclairant que le feutre vert, la pénombre m'empêchait de distinguer l'expression de son visage.

— Tu as raconté à ta femme que tu t'étais battu avec moi ? Tu veux que j'aie une réputation de docker ? demanda-t-il d'un ton cinglant.

— Je ne lui ai rien dit. Ni vérité ni mensonge.

— Lâche...

Son mépris me fit l'effet d'une douche froide.

— Le courage, je l'ai eu hier soir, et ça t'a suffi. Maintenant, oublions l'épisode !

La brutalité de ma réponse me surprit moi-même. Pourquoi étais-je tellement en colère contre lui ?

— Si tu y tiens, murmura-t-il.

Son intonation venait de changer du tout au tout. Je le vis s'appuyer de l'épaule au chambranle, baisser la tête. Réellement triste ou seulement agacé d'être rembarré ?

Derrière lui, la silhouette de Dick se profila, annonçant que le thé était servi dans le petit salon bleu, et que le personnel convoqué par M. le Comte l'attendait devant son bureau. Alexander s'éloigna en silence tandis que je suivais Dick.

Je trouvai Joyce et Dimitri seuls, absorbés dans une partie de backgammon, avec à côté d'eux des piles de buns, scones, muffins, ainsi que des petits gâteaux gallois aux raisins.

— Il y a de l'orage dans l'air, m'annonça Joyce tout émoustillée, lady Annabel s'est retirée chez elle en claquant les portes !

— Il semblerait qu'Alex lui ait dit des choses plutôt désagréables, précisa Dimitri.

— À propos du secrétaire d'État ?

— Oui, et aussi d'un certain John, un employé licencié qui doit venir toucher sa prime de fin d'année.

— Vous écoutez aux portes ou quoi ?

— Évidemment ! répliqua Joyce avec un grand sourire.

Dimitri leva la tête vers moi et, tout en agitant le gobelet de cuir qui contenait les dés, il me considéra d'un air bizarre. Que savait-il des événements de la nuit précédente ? Alexander avait-il eu le cynisme de tout lui raconter ? De rire du novice que j'étais ? J'éprouvai une insupportable sensation de rage à cette idée.

Après m'être servi une tasse de thé, j'allai me planter devant la cheminée. Il faisait nuit noire à présent et seules les hautes flammes apportaient un peu de gaieté à cette fin de journée. De loin, je regardai la somptueuse chevelure auburn de Joyce, sa nuque délicate, me demandant par quelle aberration je l'avais trompée. Je l'aimais tant ! Allais-je devoir vivre avec elle un mensonge permanent ? Ce week-end dont elle s'était fait une telle joie s'achèverait en débâcle si je commettais l'erreur de lui avouer ma trahison. Et je n'en avais pas la moindre intention, j'étais effectivement un lâche, ainsi qu'Alex venait de le souligner.

Incapable de prendre une décision sensée, je continuai de me morfondre devant l'âtre tandis que Joyce, qui semblait m'avoir oublié, bavardait gaiement avec Dimitri. Il dut s'écouler un certain temps avant que Dick ne vienne nous informer que l'apéritif serait servi dans la bibliothèque à huit heures. Aussitôt, Joyce sauta sur ses pieds, pressée d'aller se changer. En ce qui me concernait, je décidai que mon costume ferait l'affaire et je m'installai dans l'un des profonds canapés, heureux de profiter du silence.

Cinq minutes plus tard, j'entendis des éclats de voix en provenance du salon voisin, dont la porte n'était pas fermée. Je reconnus celle d'Alex, aussi tranchante que lorsqu'il se déchaînait dans un tribunal, et celle de la gouvernante, Elizabeth, qui vibrait d'indignation.

— … tout à fait inutile de le convoquer pour l'humilier de cette façon ! Votre mère est ulcérée, Monsieur. Elle me charge de vous dire qu'elle n'assistera pas au dîner.

— J'en prends bonne note. Vous lui transmettrez mes regrets. Je suppose que vous lui tiendrez compagnie ? Alors, profitez-en pour lui faire savoir qu'un seul mot de compassion au sujet de John serait très mal venu. Surtout maintenant qu'elle me semble avoir des ambitions... politiques. J'espère être assez clair. Bonsoir, Elizabeth.

Je me gardai bien de bouger, embarrassé d'avoir surpris leur conversation malgré moi, mais, comme un fait exprès, Alexander choisit de passer par le petit salon bleu et il s'arrêta net en me découvrant là.

— Je pensais que tout le monde était monté... Désolé de t'avoir infligé ça, Mark.

Son éducation l'obligeait à s'excuser, toutefois il n'avait pas l'air de regretter quoi que ce soit.

— Tu t'es vengé de John ? m'enquis-je avec une curiosité déplacée.

— Tu sais bien que, en ce qui concerne ma mère, je suis injuste, borné, voire étroit d'esprit ! répliqua-t-il du tac au tac.

— Pas uniquement avec ta mère.

Je ne l'avais pas dit méchamment, mais je le sentis atteint. Il s'éloigna de quelques pas, revint vers moi, s'arrêta de nouveau.

— Pour être franc, Mark...

L'appréhension me fit lever les yeux vers lui. Je n'avais aucune envie qu'il me précise sa pensée, que je supposais assez sarcastique à mon égard.

— ... je serai ce que tu veux, ça ne tient qu'à toi.

Sans me laisser le temps de répondre, il quitta le salon bleu.

*

Par bonheur, les répétitions ont commencé ! Je n'en pouvais plus du silence d'Alexander, je préfère encore le chahut du théâtre. Depuis sa réfection, j'y ai si souvent dansé que je connais par cœur les coulisses et la scène du Royal Opera House. L'ambiance est à la révolte, comme toujours lors des premières mises en place, et, dans les couloirs des loges, les petits rats délacent leurs chaussons pour soigner leurs pieds en sang.

Le directeur me déroule le tapis rouge, inquiet à l'idée que je puisse un jour aller signer avec le Sadler's Wells, son concurrent direct. Il est ravi d'avoir déjà les journalistes à sa porte et il sait que c'est à moi qu'il le doit, bien davantage qu'à Tchaïkovski, si injuste que ce soit.

Kate paraît fatiguée, ce qui la rend un peu agressive et moins légère dans les portés. Comme je le lui faisais remarquer, elle m'a asséné, d'un ton sardonique : « Toujours avec ton lord Fantôme ? » Son petit copain, lui, assiste à toutes les répétitions, alors qu'on ne verra Alex que le soir de la première, naturellement.

Après s'être pris pour Nijinski, notre chorégraphe revient pour l'essentiel aux réglages de Marius Petipa, de moins en moins persuadé que *Le Lac* se prête à la modernité. J'ai très envie de me dépasser dans ce rôle de Siegfried que je pense maîtriser à fond. Cette fois, je voudrais en faire quelque chose de vraiment exceptionnel.

Quand je rentre le soir, je suis dans un tel état de fatigue que j'adresse tout juste trois phrases à mon chauffeur de taxi habituel. La maison d'Alexander, située à Mayfair, près du Grosvenor Square, est plus éloignée du quartier de Covent Garden que ne l'était mon appartement de Soho, et il m'arrive de somnoler pendant le trajet du retour. Je ne vais plus guère dans les pubs, encore moins dans les discothèques, si j'ai envie de draguer je m'offre une séance de sauna.

Depuis Noël, j'ai trompé Alex à plusieurs reprises, vite et mal. Et chaque fois, la même amertume, la même déception. Je cherche des blonds qui lui ressemblent, malheureusement personne ne peut le remplacer.

Je l'ai croisé au pied de l'escalier ce matin, au moment où je partais. Irrésistible dans un costume Jean-Paul Gaultier, il m'a arrêté en me posant une main sur l'épaule. « Tu vas bien, Dimitri ? » Curieusement, il avait l'air concerné par la question. Il m'a proposé de m'emmener dîner, prêt à s'arranger pour rentrer tôt, mais nous avons une répétition avec l'orchestre en fin de journée et je ne peux pas y échapper. J'ai eu envie de lui demander où il en était de son échec avec Mark et si ça ne le gênait pas que je me tape n'importe qui dans un bain de vapeur, toutefois j'ai remis la scène à plus tard. Le jour où je lui en ferai une, je sais que ce sera la dernière, il m'a bien prévenu et il n'a qu'une parole.

Sa main a continué à s'attarder sur mon épaule, m'empêchant de bouger. Quand il est comme ça, je perds toute volonté.

*

Janvier arrivait à son terme et, aussi bizarre que ce soit, je travaillais toujours à la firme Leander & Co.

Dès la réouverture du cabinet, au début du mois, Alexander m'avait envoyé faire des recherches pour lui en Écosse. Puis il était allé plaider à Sheffield, et ensuite avait dû s'absenter trois jours pour régler la succession de George Leander. Il revint de ce voyage très perturbé, nerveux, presque irascible avec les secrétaires ou les stagiaires. Néanmoins, à peine de retour, il nous invita Joyce et moi au Barbican pour assister à une représentation d'*Othello* par la Royal Shakespeare Company. Nous finîmes la soirée chez Momo, un restaurant en vogue qui servait un couscous fameux, et Alexander en profita pour présenter à Joyce des excuses très artificielles quant à son attitude « lamentable » le soir de Noël.

— Tu es pardonné depuis longtemps, lui affirma ma femme avec un sourire attendri. Et pour te le prouver, nous te demandons, Mark et moi, si tu accepterais d'être le parrain du bébé que nous cherchons à mettre en route ?

Il avait beau être maître de lui dans n'importe quelle circonstance, il me lança un regard meurtrier.

— Avec le plus grand plaisir, chérie, répondit-il de mauvaise grâce.

Le lendemain matin, au cabinet, alors qu'il m'évitait avec soin depuis son retour du Devon, il débarqua brusquement dans mon bureau.

— Tu es libre pour déjeuner, Mark ?

Je pouvais difficilement refuser et, à midi, il m'emmena au Novelli, un restaurant français hors de prix. À table, il me félicita d'abord pour le travail que j'avais effectué en Écosse puis, soudainement, il laissa tomber le masque de la bienséance en me demandant, de manière abrupte :

— Tu m'en veux à ce point ?

L'incertitude dans laquelle il m'avait tenu jusque-là ne me permit pas de lui répondre sereinement.

— Pas du tout, j'ai oublié !

— Ce n'est pas très flatteur pour moi.

Il possédait l'art de me déconcerter, mais j'essayai de lutter pied à pied.

— Alex, nous ferions mieux de ne plus en parler.

— Pourquoi ? Tu ne veux pas t'en souvenir ? Je me suis montré si maladroit ? C'était tellement... odieux ?

Dans ses questions, il y avait du défi, mais aussi une sorte de souffrance. Il se pencha soudain un peu au-dessus de la table, et j'eus la certitude que ce qu'il allait dire serait d'une absolue sincérité.

— Je te jure que tu es en train de me rendre cinglé, Mark.

Lui ? Ce modèle de raison, de convenances, de rigueur ? Lui qui savait si bien souffler le chaud et le froid tout en gardant les rênes en main ? Non, je ne le croyais pas, personne ne pouvait le déstabiliser, et moi moins que tout autre.

— Je ne pense pas que tu sois très accessible à la folie, finis-je par répondre.

Le tenir à distance était le seul moyen dont je disposais pour me protéger de lui. Le silence s'éternisa puis il alluma une cigarette, repoussa le homard auquel il n'avait pas touché, et me demanda, d'une voix triste :

— Peux-tu au moins ne pas te comporter comme un étranger ?

— Moi ?

— Tu ne m'as pas accordé un seul regard, pas le moindre sourire...

— Je ne t'ai pas beaucoup vu !

— Oui, j'ai eu cette impression, ironisa-t-il.

Après un nouveau silence, il se résigna à changer de sujet et me pria de jeter un coup d'œil à la montagne de papiers concernant la succession de son grand-père.

— Juste une vérification, je n'ai vraiment pas la tête à ça.

— Je serai vigilant. Penses-tu qu'il y ait un problème ?

— Non. George était trop méthodique pour avoir laissé quoi que ce soit au hasard. Toutefois, tu le sais aussi bien que moi, les lois changent, il a pu être dépassé lors de certaines dispositions.

— Tu es l'unique héritier ?

— Évidemment.

— Pas de dons, de legs ?

— À ma discrétion.

— Il avait confiance en toi.

— Oui...

Le regard d'Alexander s'était troublé, comme chaque fois qu'il évoquait son grand-père.

— J'ai du mal à me passer de lui, avoua-t-il. Pas seulement pour Donagh mais parce que, d'une certaine manière, je crois que j'aimais savoir qu'il existait quelque part un homme de sa trempe. Même si j'ai essayé de le rejeter, il a été mon modèle. Et bien que je n'aie jamais pu l'admettre, il lui suffisait de froncer les sourcils pour me remettre dans le rang. Je trouvais ça... rassurant.

Qu'Alex ait besoin d'être rassuré était plutôt surprenant, et qu'il se confie précisément à moi l'était plus encore.

— Oh, je ne veux pas dresser de lui un portrait idyllique, il m'en a fait voir de toutes les couleurs ! Néanmoins, je lui dois tout.

Sauf la liberté d'être lui-même, pensai-je sans le dire. Durant quelques instants, il parut se perdre dans ses souvenirs puis se mit à sourire.

— Remarque, il m'arrivait d'être plus malin que lui. Figure-toi qu'en m'envoyant à Cambridge il avait un espion dans la place, car David Moss, le professeur que tu as vu à Donagh, était l'un de ses amis. George l'avait chargé d'avoir l'œil sur moi, aussi tout ce que je faisais de bien ou de mal lui était-il rapporté sur-le-champ.

— Moss était un mouchard ?

— Oui, et ça finissait par gâcher mes retours à la maison... George connaissait le moindre de mes faux pas avant même d'ouvrir mes bulletins universitaires. Alors, j'ai séduit David et j'ai couché avec lui pour qu'il cesse de me dénoncer.

— À dix-huit ans, tu concevais des plans pareils ?

— C'était de bonne guerre ! D'ailleurs, David était assez attirant, et vraiment très brillant dans son domaine, je n'ai pas eu à beaucoup me forcer.

— Mais tu l'as obligé à mentir, il n'a pas l'air de te l'avoir pardonné.

— Ce n'est pas la raison de sa rancune, Mark. Le plus dur pour lui a été de se faire piéger et manipuler par un gamin, lui qui se croyait un esprit fort, puis de s'apercevoir que ses grandes idées sur la loyauté ou l'amitié n'étaient que de vains mots. Il s'est retrouvé bêtement amoureux d'un de ses élèves et il a détesté ça.

Alexander prit une autre cigarette et me demanda du feu. En se penchant vers la flamme, il posa doucement sa main sur la mienne. Ce simple contact me fit l'effet d'une décharge électrique. Il me regarda droit dans les yeux, sans doute satisfait de ma réaction involontaire, et quand je refermai mon briquet je vis le sien, posé en évidence à côté de lui.

*

En sortant du journal, je suis allée droit à l'Opéra et j'ai assisté à la fin de la répétition. Un enchantement ! Comment Dimitri arrive-t-il à se transcender ainsi ? D'abord, il était dans un coin de la scène, appuyé à un portant, vêtu d'un sweat-shirt trop grand, des surchaussettes par-dessus ses collants, bref rien de très sexy. Puis soudain, ce fut à lui d'intervenir, et là, dans la seconde même, il est devenu magique. Il possède une prodigieuse aptitude au saut, des dons évidents, une personnalité très différente lorsqu'il danse. Apparemment, le reste de la troupe n'est pas rassasié du spectacle, ils le regardaient tous, certains avec envie, d'autres avec dépit, la plupart avec admiration.

J'ai réussi à le coincer dans sa loge, pendant l'essayage des costumes, pour lui demander comme une immense faveur d'accorder une interview à mon journal. Je savais qu'il accepterait de répondre à mes questions, mais en ce qui concerne les photos, il est plutôt chatouilleux sur son image.

Quand la couturière a repris le pourpoint pour une retouche, je n'ai pas pu m'empêcher de le détailler. Si son visage possède une beauté rare, sombre, son corps est une absolue perfection. Le déshabiller doit être un plaisir de gourmet, il n'y a qu'à voir la tête que font le décorateur et le costumier, à l'autre bout de la loge. On a offert à Dimitri des fortunes pour poser ou tourner dans certaines pubs mais il a toujours refusé, sans doute par égard pour Alexander.

Il enfile une chemise à col montant, une cape, et il a aussitôt l'air de sortir tout droit d'un conte de fées. Il juge la cape un peu longue, les autres s'empressent de lui donner raison, puis l'habilleuse lui tend son peignoir.

— Chérie, tu n'auras qu'à venir mercredi prochain avec ton photographe, seulement c'est moi qui choisirai les clichés.

Je lui promets tout ce qu'il veut, à la rédaction du canard ils vont être excités comme des puces. Dimitri est l'un des chouchous de Londres, la presse l'adore parce qu'il est unique en son genre, loin des stars du rock, des vedettes de cinéma ou des membres de la famille royale !

En rentrant à la maison, je découvre Mark dans la cuisine, en train de préparer le dîner. Il a rapporté une tonne de boulot, ce qui est presque toujours le cas depuis le début du mois de janvier, et je trouve qu'Alex exagère. On ne peut pas penser à faire un bébé quand on se couche à minuit, crevé.

*

Étudier la succession de George Leander me permit d'avoir une idée exacte de l'étendue de sa fortune. Je me demandais si Alexander, capable de toutes les ruses, me l'avait donnée à examiner pour cette raison. Mais qu'il soit très riche ne m'impressionnait guère, il le savait, et je finis par en déduire qu'il comptait plutôt sur ma discrétion, ne pouvant pas mettre ces papiers trop personnels entre toutes les mains.

Au cabinet, nous étions tellement surchargés de travail que, même si nous avions repris l'habitude de déjeuner ensemble, nous n'allions pas plus loin que l'un des pubs de la City, toujours bondés d'hommes d'affaires, et nous n'y parlions que des dossiers en cours.

J'essayais de faire comme si ma vie était normale. J'étais un jeune avocat d'origine française, installé à Londres parce que j'avais rencontré puis épousé une adorable Anglaise dont j'étais fou et qui me réclamait un enfant. Vu sous cet angle, mon sort semblait enviable, mon avenir tout tracé. Cependant, à certains moments, mes craintes revenaient d'un coup, balayant cette image d'Épinal. Comment oublier ce qui était arrivé à Donagh, le soir de Noël ? Comment ignorer que j'étais devenu en une nuit un traître, un menteur et un lâche ? Pis encore, comment résister à la tentation insidieuse que représentait Alexander ? De quelque façon que je me défende, la réalité m'accablait : j'éprouvais de l'attirance pour lui, que deux heures passées dans ses bras n'avaient fait qu'attiser dangereusement.

J'aurais pu quitter Leander & Co., ou même décider d'aller vivre en France afin de tout effacer, mais si je pouvais échapper à Alex, en revanche, il m'était impossible de me fuir moi-même.

Au jeu de la séduction, il était mille fois plus fort que moi. La plupart du temps, il me traitait en collaborateur, en ami, et dès que je retrouvais une relative sérénité, il m'adressait un regard ou un sourire différents, assez ambigus pour me troubler profondément.

Était-il un manipulateur ou avais-je une réelle importance pour lui ? Après tout, il pouvait conquérir qui il voulait, pourquoi s'en était-il pris à moi ? Et, puisqu'il m'avait « eu », pourquoi insistait-il ?

Ces pensées contradictoires menaçant de me rendre fou, je me noyai dans le travail. Comme j'avais promis d'être vigilant, je finis par remarquer un petit vice de forme dans le règlement de la succession Leander. Le *solicitor* qui s'en occupait, à Barnstaple – puisqu'il n'existe pas de notaires dans le droit anglais –, avait dû être un peu dépassé par l'ampleur des biens à transférer ainsi que la multitude d'actes à rédiger. Lorsque je le joignis par téléphone, il me parut très soulagé d'avoir quelqu'un à qui parler. Alexander le terrifiait, aussi bien en tant que confrère célèbre qu'en tant que lord, et il réclamait de l'aide. Je rapportai aussitôt notre conversation à Alex, qui leva les yeux au ciel avant de décréter que nous allions être obligés de nous rendre sur place.

— Ce type est un incapable, si je le laisse faire il mettra des années à en finir !

Penché sur son planning, il me demanda de prendre un rendez-vous pour le mercredi après-midi, ajoutant que nous pourrions ensuite dîner puis dormir à Donagh, et être de retour jeudi en fin de matinée au cabinet. Cette perspective me fit froid dans le dos. Certes, Alexander n'avait pas le droit de se représenter lui-même, il lui fallait être accompagné d'un collaborateur, mais je ne voulais pas me retrouver en tête à tête avec lui à Donagh. Je devais avoir l'air tellement angoissé qu'il me toisa sans indulgence.

— Est-ce que ça te pose un problème, Mark ?

— Oui.

— Eh bien, surmonte-le !

Autoritaire, hautain, il n'était pas prêt à accepter une dérobade de ma part.

— J'ai besoin d'un représentant et je ne mêlerai personne d'autre que toi à mes affaires de famille, ajouta-t-il.

C'était imparable, aussi n'osai-je pas lui faire l'affront de m'entêter à refuser.

*

— Et Mark t'accompagne, bien entendu ?

Je n'ai pas pu m'empêcher de lui poser la question, ivre de rage, en utilisant le ton sarcastique qu'il déteste. Comme par hasard, ce voyage éclair à Donagh tombe précisément mercredi, jour où j'ai promis à Joyce son interview et ses photos. Son infâme et si populaire journal à fort tirage sort le vendredi, une excellente publicité dont je ne veux pas me passer à la veille de la première.

Alexander s'est lancé dans des explications inutiles. Pourquoi donc ai-je cru qu'il avait renoncé à conquérir Mark ? Parce qu'il est un peu moins froid que de coutume ? Je sais qu'il est sensible à l'état d'épuisement et de surexcitation qui m'habite.

À chaque spectacle, je remets en jeu ma réputation, je dois prouver que je suis le plus grand danseur étoile du moment, tout se joue en un soir, celui où les critiques sont là. Une carrière peut se défaire si vite ! Quand on est au sommet, un jour ou l'autre, la descente s'amorce.

— Tu espères y arriver, Alex ? La dernière fois, il t'a résisté, non ?

J'ai continué sur ce mode-là, pas vraiment une scène mais assez de persiflage pour l'exaspérer. Je l'ai fait pâlir de colère, cependant il s'est maîtrisé, il a réussi à rester calme et silencieux. Au bout d'un moment, il a seulement dit :

— Tu es fatigué, Dimitri. Veux-tu boire quelque chose ?

Avais-je espéré qu'il allait me rassurer ? Me donner des détails ? Il ne me dira jamais un mot de ce qui concerne son histoire avec Mark, c'est trop important pour lui et je suis trop insignifiant !

*

Le malheureux avocat de Barnstaple se souviendra longtemps de notre visite. Alexander avait pris la situation de haut, ce qu'il savait faire mieux que personne, et l'autre s'était mis à bafouiller devant lui comme un petit garçon, trop impressionné pour se défendre, prenant au vol des phrases sous la dictée. Finalement, nous avions terminé le travail à sa place, et il s'était confondu en remerciements, promettant de se dépêcher d'expédier les derniers actes. Mais il était désormais sans illusions, il ne bénéficierait plus de la clientèle de lord Donagh.

— Quel crétin ! marmonna Alex, à peine sorti de chez lui.

Il conduisit à tombeau ouvert sur la route d'Ilfracombe, heureux d'entendre rugir le moteur de sa Jaguar, et sans doute pressé d'arriver. Dick avait fait allumer du feu dans le petit salon bleu, où régnait une tiédeur délicieuse qui me réconforta. J'étais là contre mon gré, inquiet de la soirée à venir, pourtant je me sentais bien, comme si j'étais de retour à la maison après un voyage. Une impression d'autant plus étrange que, à moins d'y être né, il était impossible d'être tout à fait à l'aise à Donagh Castle.

Lady Annabel ne nous fit pas l'honneur de sa présence, ce qui ne parut pas surprendre Alexander.

— Elle m'en veut toujours, je l'ai appelée plusieurs fois depuis Noël, mais Elizabeth invente systématiquement une bonne raison pour ne pas me la passer.

— Si tu cessais de lui dicter sa conduite, peut-être que…

— Sa conduite est ce qui me préoccupe le plus au monde ! rétorqua-t-il d'un ton rageur.

Pourrait-il jamais lui pardonner d'avoir été – et d'être encore, malgré son âge – plus femme que mère ? Il entretenait avec elle des rapports épouvantables, où l'amour prenait difficilement le pas sur la haine.

— Tu la rends malheureuse, Alex…

— Bon sang, Mark !

Il aurait pu me dire de me mêler de mes affaires, il ne le fit pas. Au contraire, il me dévisagea un instant, perplexe, puis il sonna pour réclamer du champagne. Dick nous en apporta lui-même deux bouteilles, avec d'exquis petits soufflés au cheddar.

Durant l'heure qui suivit, Alexander se montra bavard, plutôt enjoué, et en tout cas très amical, sans rien d'équivoque. Pour le dîner, il avait donné des ordres précis à Dick, et nous eûmes droit à un menu d'une merveilleuse légèreté, avec un turbot sauce hollandaise suivi de cailles aux raisins. Martha était en net progrès, au moins quant à la durée des repas, même si sa cuisine d'inspiration française manquait encore d'inventivité.

— Plutôt que d'aller prendre le digestif au fumoir, me proposa Alex, montons dans le bureau de George, je crois que tu ne le connais pas.

Il me conduisit au premier étage, mais, au lieu de suivre la galerie des chambres, il s'engagea dans un large corridor qui débouchait sur un autre palier.

— À dix ans, quand j'arrivais ici, mon carnet de notes à la main, je n'en menais pas large ! Et, honnêtement, à quinze non plus.

Il ouvrit une double porte d'acajou, et lorsqu'il alluma la lumière, je découvris l'antre d'où George Leander avait géré son domaine, sa fortune, sa famille. La pièce était très vaste, entièrement lambrissée de bois blond avec, au sol, une moquette noire, et le long des murs une série d'authentiques gravures anglaises sur le thème des chevaux et de la chasse. Tout au fond trônait un somptueux bureau d'ébène orné de bronzes ciselés. Dans l'avancée d'un bow-window, un canapé Chesterfield capitonné faisait face à deux bergères. Les éclairages, très soignés, n'étaient pas apparents, et quelques niches aménagées dans les boiseries contenaient des classeurs de cuir noir. L'atmosphère du lieu était typiquement britannique, austère mais chaleureuse.

Alex m'entraîna vers le canapé et ouvrit un bar dont on ne pouvait soupçonner l'existence.

— Derrière chaque panneau se cache un rangement, précisa-t-il en souriant. Une vraie caverne d'Ali Baba !

Comme pour l'apéritif, ce fut Dick en personne qui vint nous apporter le plateau du café et des douceurs, puis, sur un signe d'Alex, il alluma du feu dans la cheminée avant de s'éclipser.

— Les dernières années de sa vie, George était insomniaque. Il a passé plus de nuits dans ce bureau que dans son lit.

En arrêt devant l'unique tableau de la pièce, Alex me désigna le très bel homme qui figurait sur la toile, la main posée sur la tête d'un petit garçon blond.

— Une peinture de nous deux, académique et fidèle, qui nous a demandé des heures de pose, je m'en souviens encore.

Il considérait le portrait avec une évidente nostalgie. George Leander, dont je découvrais les traits, me parut sévère mais fascinant. Ses yeux sombres, sa moustache et ses joues creuses lui donnaient l'air hautain, cependant quelque chose dans son attitude exprimait une immense tendresse pour l'enfant debout à son côté.

— Je crois avoir été la grande affaire de sa vie, ce que j'ignorais de son vivant...

Alex se tourna vers moi, me lança un regard indéchiffrable et ajouta, plus bas :

— Je voudrais tellement devenir la grande affaire de ta vie, Mark ! Je sais que tu redoutes ce genre de déclaration, que tu préférerais être chez toi, à l'abri, et que tu ne me répondras même pas. Je sais aussi que tu aimes Joyce, ou que tu crois l'aimer. Que tu espères t'endormir tranquille, tout à l'heure, en pensant à elle. À ce que tu veux sauver, contre toi-même et contre moi. Tu as décidé de ne pas me croire, c'est sans doute plus simple pour toi, mais tu devrais t'interroger. Pourquoi continues-tu à travailler avec moi ? Pourquoi es-tu là ce soir ? Pourquoi ne t'enfuis-tu pas quand je te prends dans mes bras ?

Il revint vers moi, s'arrêta derrière le dossier du canapé. Je restai muet, méditant la réponse trop évidente que je n'avais aucune intention de lui donner. Je sentis sa main sur ma tempe, ses doigts s'emmêler dans mes cheveux. Son geste était d'une telle sensualité que je retins ma respiration.

— Tu en as autant envie que moi, chuchota-t-il.

S'il avait insisté tant soit peu, j'aurais capitulé. Mais il retira sa main, alluma une cigarette qu'il me glissa entre les lèvres, puis il s'éloigna et alla s'installer dans un fauteuil, me considérant avec une sorte de curiosité amusée. J'étais à la fois soulagé et déçu, rempli de confusion, vraiment mal à l'aise, ce dont il avait parfaitement conscience. Devant lui, mes chances étaient aussi nulles que celles d'une souris entre les griffes d'un chat.

— Si nous passons la nuit ensemble, demain matin tu te complairas dans une crise de remords, et ensuite tu me fuiras avec application pendant des jours ou des semaines, en t'arrangeant pour ne jamais me regarder en face. Or, ça, il n'en est plus question. Si tu dois avoir honte de ce que tu fais, ne me laisse pas te toucher.

Il n'avait pas tort, mais je n'étais pas prêt à l'accepter. Que pouvais-je lui répondre ? Je lui avais déjà avoué qu'il ne m'était pas indifférent, et il le constatait lui-même chaque fois qu'il provoquait un tête-à-tête. Jusqu'où ce vertige allait-il me mener ?

— Un jour ou l'autre, Mark, tu devras mettre un nom sur tes désirs.

*

Je tourne comme un lion en cage sous l'œil impassible d'Alex qui se plonge dans l'édition du week-end du *Financial Times*. Il m'a laissé le supplément spectacles du *Guardian* bien en évidence et, de loin, je distingue ma photo. La reprise du *Lac*, ce soir à l'Opéra, est l'événement de ce samedi.

Il est rentré de Donagh d'assez mauvaise humeur : tant mieux. Je suis trop nerveux pour supporter de le voir réjoui, et j'ai d'autres projets pour lui.

J'essaierai d'être au théâtre vers cinq heures. Pour me glisser dans le personnage de Siegfried, je vais avoir besoin d'un moment d'échauffement, au foyer, et ensuite d'un temps de repos, sans rien ni personne. J'ai demandé à l'habilleuse de virer toutes les fleurs avant que j'arrive, sauf le plus gros des bouquets, celui qui n'aura pas de carte de visite puisque Alex n'en met jamais. Une sale habitude qui démontre sa difficulté à s'assumer en tant qu'homo vis-à-vis de sa secrétaire ou de son fleuriste. Sans doute aura-t-il pensé à faire envoyer des roses à Kate aussi, il est assez diplomate pour ça, et là le bristol d'accompagnement étalera son nom en toutes lettres.

Il *faut* que Kate soit en forme, ce soir nous devons faire oublier aux Londoniens le couple mythique Margot Fonteyn-Rudolph Noureïev. Mais si jamais elle ne l'est pas, je ferai tout sans elle, je n'ai pas besoin qu'on nous admire à deux. En réalité, je crois que je veux briller seul.

Alexander est plongé dans son journal, pourtant je serais prêt à jurer qu'il pense à autre chose. Dès que je passe devant lui, je sens qu'il relève les yeux pour m'observer, vaguement inquiet. Son attitude évoque n'importe quoi, sauf l'amour.

Au bout d'une demi-heure d'allées et venues, je suis toujours à cran et il n'a pas dit un seul mot. Quand le vieux Stan vient prendre ses ordres, Alex me demande si je veux un peu plus de thé, si je compte déjeuner, si j'ai un désir particulier. Stan fait la tête consternée du type qui n'en croit pas ses oreilles. Pour lui, lord Donagh ne devrait pas se soucier des caprices de son danseur. Il va jusqu'à chuchoter :

— Je m'en occupe, monsieur le Comte…

De moi ? Oh, que non ! Je sors en claquant la porte et je monte jusqu'à ma salle de danse. Sans y penser, j'effectue quelques assouplissements, pour passer le temps. Je me regarde dans les grands miroirs, de près, de loin. Serai-je capable d'être assez grand, tout à l'heure, pour mettre Alexander à genoux ?

*

C'est complètement envoûtant… Au point que personne ne tousse, ne murmure, ne s'agite. Dès l'introduction du deuxième acte, un silence irréel se met à peser sur la salle, et même les journalistes présents se figent.

Instants d'émotion pure. La manière dont Siegfried supplie la princesse Cygne, son désespoir de l'avoir trahie pour une autre, sa volonté de la tuer et de mourir avec elle : tout donne le frisson. Et, bien que la danseuse étoile tienne son rôle à la perfection, Dimitri l'éclipse, on ne voit que lui dans ce ballet. En virtuose, il exprime un lyrisme exacerbé qui éclabousse la scène.

Nous sommes assis au premier rang d'orchestre, parmi les personnalités. Dimitri doit savoir exactement où se trouve Alexander car on a l'impression, depuis quelques minutes, que c'est pour lui seul qu'il danse. Le plus discrètement possible, je tourne un peu la tête vers Alex. Il semble hypnotisé. Je suppose qu'il doit se sentir éperdument amoureux, comme à peu près tous les spectateurs autour de nous, mais lui est son amant, c'est lui qui tiendra Siegfried dans ses bras cette nuit.

Bouleversant dans son interprétation, stupéfiant par sa vitesse d'exécution, Dimitri n'a jamais été aussi extraordinaire que ce soir. Il ne touche plus terre, habité par une sensualité provocante entièrement dédiée à l'homme qu'il aime. Chaque fois qu'il nous fait face, son regard frôle Alex comme une caresse, et chacune de ses arabesques le désigne, lui et nul autre. Entre eux deux passe quelque chose de charnel, d'électrique. C'est d'une telle évidence que je me demande si les gens s'aperçoivent de ce qui est en train de se produire.

Deux ou trois spectateurs finissent par jeter un coup d'œil intrigué vers Alexander, qui est toujours statufié. Je vois ses mâchoires crispées, une veine qui bat sur sa tempe, et j'imagine qu'il s'accroche à son fauteuil tandis que Dimitri vole loin au-dessus des planches.

Après la dernière mesure, il y a comme un temps mort, vide, et d'un coup la salle se lève pour une interminable ovation. Comment Alex réussit-il à garder son sang-froid ? Je serais à sa place, je sauterais sur la scène sans m'occuper de rien d'autre.

Quand le rideau tombe, les gens tapent des pieds, applaudissent à tout rompre, infiniment plus exubérants qu'on ne peut l'attendre d'un public de première. Les danseurs viennent saluer tour à tour, mais, lorsque Dimitri arrive, c'est du délire. Depuis combien de temps n'a-t-on pas fait un tel triomphe à un ballet, à Londres ? Jusqu'à présent Dimitri était une star, on le comparait aux plus grands, ce soir il est devenu une légende, et désormais c'est à lui que devront se mesurer les étoiles. Je vais pouvoir écrire un autre article là-dessus, avec les photos du spectacle et une nouvelle interview.

En s'inclinant seul, face à la salle déchaînée, Dimitri cherche le regard d'Alexander et lui sourit carrément. Du coup, tout le monde essaie de voir Alex. Je trouve si inattendu, si extraordinaire de les découvrir aussi affranchis tous les deux que je cramponne le bras de Mark. Ce que nous avons sous les yeux s'appelle de la passion, rien de moins.

*

Je n'avais pas envie d'applaudir, mais j'aurais vraiment été le seul à ne pas le faire et je m'y sentis obligé.

Déjà, je me serais bien passé d'assister à cette première dont Joyce se réjouissait tant. Pour avoir eu accès aux dernières répétitions, elle m'avait prédit le succès qu'obtiendrait Dimitri, s'excitant comme une folle à l'idée d'être LA journaliste qui le connaissait le mieux.

Je ne m'étais pas interrogé sur ma réticence car je n'avais jamais été un grand amateur de danse classique. Alexander, lui, par tradition aristocratique, se rendait à presque toutes les premières d'opéra ou de ballet, c'était d'ailleurs ainsi qu'il avait rencontré Dimitri.

La musique de Tchaïkovski, assez inégale, possédait néanmoins quelques moments d'une rare intensité dramatique, que j'aurais pu apprécier en d'autres circonstances. Mais Dimitri n'avait pas placé Alexander au hasard en lui attribuant nos trois sièges au premier rang. La chorégraphie semblait réglée précisément à cet endroit de la scène, juste devant nous, et ainsi avait-il pu offrir sans scrupules *Le Lac des cygnes* à un seul spectateur dans toute la salle. Au-delà de son indiscutable prouesse de danseur, il venait de se livrer à un numéro de séduction absolument irrésistible qui, de minute en minute, avait littéralement subjugué Alex.

Dix fois de suite, par-dessus la tête de Joyce, je n'avais pas pu m'empêcher de l'observer, me demandant ce qu'il éprouvait. Or je le connaissais suffisamment, hélas ! pour ne pas pouvoir me tromper sur l'expression de son visage, qui était celle d'un violent désir. Tout comme je n'eus aucun mal à identifier la cause de la mauvaise humeur qui m'avait gagné au fil du spectacle jusqu'à me le rendre détestable.

Ainsi, j'en étais là ? À ressentir une jalousie sourde, acide, et surtout impuissante, car Dimitri avait été désespérément éblouissant, donnant au personnage de Siegfried la dimension de l'âme russe, son énergie et sa nostalgie, son génie insaisissable.

Au moment des saluts, il sut qu'il avait gagné la partie. La manière dont il se mit à sourire, regardant Alexander droit dans les yeux, ne laissait aucun doute sur son sentiment de victoire, et, pour la première fois, je pris conscience du piège dans lequel j'étais tombé. Je ne voulais pas d'une histoire à trois, je ne voulais pas envier Dimitri ou le haïr, je ne voulais pas qu'Alex m'ait menti en affirmant qu'il m'aimait.

La main de Joyce se refermant sur mon bras ne m'apporta pas le moindre soulagement, au contraire, et je me sentis incapable d'affronter la soirée qui allait suivre. Alex avait réservé une table pour nous quatre dans l'un des restaurants les plus courus de Chelsea, Aubergine, mais passer deux heures à encenser Dimitri en dégustant sept plats de suite – spécialité de la maison – tandis qu'Alexander se consumerait d'impatience était au-dessus de mes forces.

— Après ce qu'on vient de voir, glissai-je à l'oreille de Joyce, je crois que nous devrions les laisser en tête à tête.

Elle n'entendit pas, au milieu des acclamations du public, ou refusa d'entendre.

Quand nous pûmes enfin gagner les coulisses, après avoir traversé le hall où s'agglutinaient des groupes de spectateurs délirants d'enthousiasme, de nombreux journalistes se pressaient déjà devant la loge de Dimitri. Mais le responsable du service d'ordre devait avoir reçu des consignes car il nous fit entrer les premiers, ce qui souleva un concert de protestations.

Joyce, que rien n'arrêtait, se jeta au cou de Dimitri en clamant son admiration, et j'articulai à contrecœur quelques phrases de circonstance dont la platitude me fit honte. Le seul à ne rien dire fut Alexander, adossé à la porte avec une désinvolture très artificielle. Dimitri était à moitié déshabillé, encore essoufflé, le maquillage délayé sous ses yeux sombres. Ruisselant de sueur, il semblait sortir de l'eau.

— Tu as aimé ? demanda-t-il d'une voix rauque à Alexander, comme si Joyce et moi n'étions pas là.

Je vis Alex acquiescer d'un signe de tête, avec un demi-sourire vaincu qui me glaça.

— On va vous laisser, décida soudain Joyce.

Elle faisait preuve d'abnégation en renonçant à souper avec eux, néanmoins il aurait fallu être aveugle pour ne pas comprendre qu'ils avaient envie de se jeter l'un sur l'autre et que nous étions de trop.

— Non, sûrement pas ! protesta Dimitri, s'adressant directement à moi. Allons d'abord faire la fête tous ensemble.

D'abord était très explicite, *tous ensemble* une véritable provocation. Il tenait sans doute à maintenir Alexander sur le gril, et à obtenir de sa part une complète reddition en ma présence. Ainsi me désignait-il comme son rival, c'était très clair, en tout cas pour moi. Avant que Joyce prenne conscience de la situation, je coupai court, à peine aimable, et nous quittâmes la loge.

*

Mark n'a pas eu le cran de venir avec nous, merci mon Dieu ! Demain ou tout à l'heure, Alex m'en voudra et s'en voudra à lui-même, mais pour l'instant il est à moi, il n'y peut rien. Négligeant son restaurant trop guindé, je l'ai traîné sans qu'il proteste au Rupert, le bar gay le plus branché de Londres, puis à l'Old Compton Café qui est ouvert vingt-quatre heures sur vingt-quatre. J'avais besoin de recharger les batteries, ayant laissé trop d'adrénaline sur la scène de l'Opéra.

Nous sommes rentrés ici à deux heures du matin, et il m'a fait l'amour comme lui seul sait le faire. Il y a longtemps que je ne l'avais pas trouvé aussi sensuel, patient, dominateur. Ce que je lui ai donné ce soir, en mettant à ses pieds mon corps, mon talent, mon âme, jamais Mark ne pourra le lui offrir, il le sait forcément.

Il est un peu plus de quatre heures lorsqu'il se relève. Il remet sa chemise, son pantalon, trop bien élevé pour se déplacer à poil dans sa propre maison. J'adore le voir dans cette tenue décontractée, à aucun autre moment il ne laisserait son col ouvert ni ne marcherait pieds nus. D'un geste inhabituel, il passe sa main dans ses cheveux en bataille, hésite à s'en aller, revient près du lit, et finalement s'agenouille à côté de moi.

— Dimitri, murmure-t-il.

Après un long silence, il ajoute, encore plus bas :

— Merci.

C'est la dernière chose que je veux entendre. Ne sait-il donc pas dire : « Je t'aime » et ne peut-il m'en faire l'aumône ? Alors qu'il tend la main vers moi, avec un air de tendresse navrée qui me rend aussitôt fou de rage, je saisis son poignet.

— Reste !

Je l'exige parce que c'est mon dû, nous le savons tous les deux.

— D'accord. Endors-toi.

Au moins en pensée, il est en train de s'éloigner. Anéanti de fatigue, je ferme les yeux, gardant son poignet serré entre mes doigts et l'obligeant ainsi à demeurer à genoux.

La victoire a été de courte durée, elle a déjà un goût amer.

*

J'étais presque certain qu'Alexander allait m'éviter. Ce serait son tour de fuir mon regard et d'être mal dans sa peau. Jamais il ne pourrait justifier son attitude de l'avant-veille, qui cadrait si mal avec ses déclarations, ayant fait la démonstration du couple flamboyant qu'il formait finalement avec Dimitri.

Écœuré de lui, de moi-même, et toujours en colère contre le monde entier, j'eus un mal fou à me mettre au travail le lundi matin. L'hiver n'était pas clément, il gelait dans les rues de Londres et, sur les trottoirs de la City, les hommes d'affaires se hâtaient, emmitouflés dans leurs manteaux.

Au cabinet, l'ambiance était studieuse, ouatée, et je parvins à me plonger dans un dossier complexe qui m'occupa jusqu'à midi. Je chargeai ma secrétaire de porter le résultat de mes notes à lord Donagh, mais elle me rappela qu'il était à Folkestone avec l'un des associés. Pas du tout réconforté par son absence, j'eus encore plus de difficulté à me concentrer après avoir avalé un sandwich et une bière.

Aux alentours de quatre heures, je déclarai forfait et décidai de rentrer chez moi. Ce fut dans le hall de l'immeuble que je croisai Alexander et Edward Pratt, un brillant *solicitor* qui possédait des parts dans la firme Leander & Co. Ils étaient lancés dans une discussion très animée, mais Alex s'interrompit pour me saluer. Contrairement à ce que je m'étais imaginé, il n'y avait pas l'ombre d'une gêne dans ses yeux clairs.

— Je te rejoins, Edward, il faut que je parle à Mark du dossier irlandais, dit-il.

Il attendit que nous soyons seuls pour ajouter, d'un ton de reproche :

— Tu pars déjà ?

— Mes notes sont sur ton bureau, répliquai-je froidement.

J'aurais pu arguer que je me sentais fiévreux, ou n'importe quoi d'autre, mais ce n'était sûrement pas à moi de me justifier.

— Peux-tu monter avec moi cinq minutes ?

Sa question était de pure forme, il ne s'attendait pas à un refus, mais je secouai la tête.

— Non. Sauf si c'est professionnel. Dans ce cas, je suis à ta disposition.

Il me toisa des pieds à la tête, apparemment surpris et contrarié. Il portait un pardessus de cachemire bleu-gris dont le col était relevé, ainsi qu'une longue écharpe de soie grège.

— Après toi, dit-il avec un geste vers l'escalier.

Alexander n'était pas du genre à fuir, j'aurais dû m'en souvenir, j'avais commis une erreur d'appréciation, et maintenant l'explication était inéluctable. Je le précédai jusqu'à son bureau dont il ferma soigneusement la porte, non sans avoir lancé à sa secrétaire qu'il ne voulait être dérangé sous aucun prétexte.

— Je t'écoute, déclara-t-il en se dirigeant vers le coin salon.

— Moi ? Mais je n'ai rien à te dire !

— Vraiment ?

Jetant son manteau sur le dossier du canapé, il me fit face.

— Tu es furieux, Mark, et ça se voit.

Quant à lui, il pouvait être cassant lorsqu'il prenait les choses de haut, ce qu'il était en train de faire.

— Furieux, non, répondis-je sèchement. J'ai juste été un peu étonné de ton attitude, samedi soir. Je ne te pensais pas si... si proche de Dimitri, ni si tenté de l'afficher.

— Proche de Dimitri ? répéta-t-il, stupéfait. Oui... Je vis avec lui, je couche avec lui.

— Personne n'en doute plus dans tout Londres !

— Et alors ?

— Alors, rien. Mais après ça, ne viens plus me raconter que... que tu me...

Je me sentis soudain si ridicule que je fus incapable d'achever. De quel droit pouvais-je le critiquer ou me plaindre ? Depuis le début, mon comportement avec lui était incohérent.

— Tu es jaloux, Mark ? C'est merveilleux !

Son sourire incrédule et charmeur me fit l'effet d'une gifle. Me prenait-il pour un idiot ? Je n'avais pas rêvé, il m'avait dit qu'il m'aimait, grâce à quoi il m'avait mis dans son lit le soir de Noël, obtenant à peu près ce qu'il voulait. Ensuite, je lui avais offert la possibilité d'en rester là, mais il s'était obstiné, prétendant que je le rendais fou. Où était la vérité parmi ces contradictions ? Même s'il était le plus machiavélique des hommes, son désir pour Dimitri était bien réel et non pas destiné à me faire réagir, jamais il ne me le ferait croire. Il s'était satisfait de deux heures avec moi, alors qu'au bout de quatre ans son Russe le subjuguait toujours autant. Oui, j'étais jaloux, une piètre satisfaction d'orgueil pour lui, et une humiliation supplémentaire pour moi.

— Mark…

— N'ajoute rien, sois gentil.

— Si, bien sûr que si ! Tu viens de me faire un cadeau magnifique, je m'attendais à une indifférence absolue de ta part, sûrement pas à de la colère ou…

Il semblait vraiment heureux et il ajouta, avec une soudaine tendresse :

— Tu n'as qu'un mot à dire, Mark, tu le sais très bien.

Un mot de quelle sorte ? Je ne voulais plus l'écouter, j'avais perdu tous mes repères. Haussant les épaules avec lassitude, je me dirigeai vers la porte mais il se mit en travers de ma route.

— Arrête !

— C'est fini, Al, tout va rentrer dans l'ordre. Laisse-moi partir pour de bon, je ne peux plus continuer comme ça.

— Ce qui signifie ?

— Je préfère ne plus te voir. Je suis complètement perdu, je…

— Très bien, je comprends. Attends juste une seconde, veux-tu ? Je suppose que tu as besoin d'une preuve ? C'est ce qui te manque ? Aucun problème !

Il posa une main à plat sur le battant de la porte, pour m'en interdire l'accès, et de l'autre sortit son portable de sa poche. Tout en composant un numéro, il précisa, posément :

— Dimitri ne danse pas le lundi et j'ai juré de passer la soirée avec lui…

Pourquoi me narguait-il ? Je ne voulais pas savoir en quoi consistaient ses soirées avec Dimitri !

— Bonjour, je désirerais deux chambres pour cette nuit, ainsi qu'une table au restaurant… Lord Alexander Donagh… Oui, nous arriverons d'ici à une heure, merci.

Médusé, je le regardai sans comprendre.

— Le Ritz est un vieux palace, pas un des hôtels gay de Philbeach Gardens, alors les deux chambres sont uniquement destinées à sauver les apparences. Mais comme on ne peut aller ni chez toi ni chez moi, nous serons très bien là-bas.

— Tu es malade ou quoi ? demandai-je d'une voix sans timbre.

— J'en avais tellement assez d'attendre ! répondit-il en souriant.

*

Minuit. Aucune explication hormis une phrase laconique, au téléphone, pour m'apprendre qu'il ne rentrera pas ce soir. Même à Stan, qu'il a appelé directement, il a parlé plus longtemps !

Essayer d'imaginer ce qu'il fait est un supplice. Joyce, que j'ai réussi à joindre, croit que Mark est à Folkestone avec Alex, ce qui est grotesque vu qu'il y plaidait ce matin, pas ce soir !

Par je ne sais quel vice dont lui seul est capable, il choisit précisément ce moment pour conclure son idylle platonique avec Mark. S'est-il servi de cette soirée de première, à l'Opéra ? N'a-t-il affiché son désir pour moi que dans le seul espoir de provoquer une réaction de jalousie ? Cette idée me soulève le cœur !

J'aurais voulu dire à Joyce qu'elle est une idiote dont la naïveté nous perdra, elle et moi, mais pas question qu'elle aille arracher les yeux d'Alex, je le ferai moi-même.

D'ici là, au lieu d'attendre seul, je devrais sortir, me saouler de vodka, inviter des copains à faire le tour des boîtes les plus démentes, m'offrir au premier venu et tromper Alex jusqu'à l'écœurement, seulement voilà, je ne peux pas, je suis obligé d'assumer la série de représentations du foutu *Lac* que l'on donne à guichets fermés jusqu'à la dernière. Faillir maintenant reviendrait à me saborder, à enterrer vingt ans d'efforts. Alors non, pas tout de suite, pas comme ça, pas à cause d'un chagrin d'amour !

Pourtant, je ne peux pas supporter de savoir qu'Alex aura avec ce petit Français insignifiant les mêmes gestes qu'avec moi. Ni qu'il lui dira les mots d'amour qu'il me refuse. Croit-il vraiment qu'il peut me traiter avec une telle désinvolture ? M'utiliser puis me sacrifier ? Puisqu'il ne « rentrera pas ce soir », je vais occuper mon temps en me passant les nerfs sur quelque chose, or le bureau d'Alex est tout indiqué ! Son bureau avec ses chers dossiers, sa chambre avec son mobilier précieux, son dressing avec sa collection haute couture, et si ça ne me suffit pas, eh bien, je mettrai le feu à sa maison !

*

La vue sur Green Park était spectaculaire. J'avais entendu dire que certains membres de la famille royale fréquentaient le Ritz et je compris pourquoi en découvrant la décoration délicieusement rococo.

Alexander, indifférent à ce qui l'entourait, avait commencé par demander qu'on nous monte du champagne et nous avions vidé la première coupe face à face, sans dire un seul mot. Ensuite, dans le silence feutré de sa chambre, où il n'avait allumé qu'une lampe de chevet, je devins réellement son amant.

Les deux heures passées à Donagh dans la suite jaune, la nuit de Noël, n'avaient été qu'un préambule, je le compris ce soir-là. Et par la même occasion, j'admis enfin que j'étais tombé amoureux d'Alex. Le contact de sa peau me rendait fou, je fis absolument tout ce qu'il voulait.

Nous finîmes par descendre au restaurant, parce qu'il était pour une fois mort de faim, et d'humeur si joyeuse que le dîner se passa à rire aux éclats, mais un peu plus tard, de retour dans sa chambre, il reprit les choses où il les avait laissées. Cette fois, il alla au bout de tous ses désirs, qui l'un après l'autre devinrent les miens.

Quand le jour se leva sur Londres, le mardi matin, ma vie avait littéralement explosé et j'ignorais comment rassembler les morceaux. Quelque part dans la ville, j'avais une femme qui m'attendait, devant laquelle je ne pourrais plus me taire désormais. Je n'avais pas cessé de l'aimer, néanmoins je l'avais trahie et je m'apprêtais à la poignarder.

Alexander se réveilla cinq minutes après moi, et son premier geste fut de m'attirer à lui.

— Mark…

Sans me l'avouer, j'avais toujours adoré sa manière de prononcer mon prénom, avec son accent si particulier, inimitable pour qui n'avait pas fréquenté les grandes écoles.

— Tu as faim ? Tu es triste ? Tu regrettes ? demanda-t-il d'une traite.

Que pouvais-je lui dire ? J'avais envie de me réfugier contre lui, ou tout simplement envie de lui, et en même temps je me sentais désespéré.

— Je prendrais bien un petit déjeuner.

— Parfait. Et pour le reste ?

Appuyé sur un coude, la joue dans le creux de la main, il attendait ma réponse. La lueur grisâtre en provenance des fenêtres laissait son visage dans la pénombre et je ne voyais que ses yeux clairs, auxquels je serais, dorénavant, tout à fait incapable de résister.

— Je crois que j'ai peur, avouai-je dans un souffle.

Je m'étais si entièrement livré à lui durant la nuit que je n'étais sans doute plus le même homme, cependant il me fallait assumer cette nouvelle identité, avec toutes ses conséquences épouvantables.

— Veux-tu que j'aille parler à Joyce ? proposa-t-il d'un ton calme.

— Non !

L'idée de ce qu'il pourrait lui dire me révulsait, et je n'avais pas l'intention de fuir mes responsabilités.

— Donc, tu comptes le faire toi-même. Aujourd'hui ?

Pour lui, il s'agissait d'une évidence, il ne me laisserait pas le choix de différer. Comme je me taisais, il se redressa.

— Je suis sérieux, Mark. À partir de maintenant, je ne te partagerai plus. À toi de décider.

D'un geste plus autoritaire que tendre, il ébouriffa mes cheveux avant de se lever. À Donagh, il m'avait dit d'aller rejoindre ma femme ; là, il était en train d'exiger que je la quitte.

*

J'entends le bruit de la porte d'entrée, la voix étouffée mais indignée de Stan, puis plus rien. J'ai dormi trois heures à peine, dans les draps déchirés d'Alex, et je suis réveillé depuis longtemps.

Lorsqu'il s'immobilise sur le seuil de sa chambre, il est suffisamment maître de lui pour ne pas regarder le chaos indescriptible qui règne ici, mais seulement moi.

Je crois n'avoir rien épargné de ce qu'il aime : objets, tableaux, vêtements. J'ai saccagé ses trésors avec une rage hystérique qui a tiré Stan de son lit, et je ne regrette rien.

— Tu t'es bien amusé, cette nuit ?

C'est moi qui lance la question, pas lui. Et le simple fait de pouvoir lui adresser la parole, de l'avoir enfin en face de moi, ranime une telle fureur que j'en ai soudain le cœur au bord des lèvres. J'attrape un bronze rescapé et je l'expédie contre un mur à toute volée. Le bruit est réjouissant, la tête d'Alexander aussi. Très pâle, il fait deux pas en avant, s'arrête, toujours muet, et je l'attaque.

— Tu es un salaud, une ordure, un bâtard ! Tu n'aimes pas le scandale ? Moi, je m'en fous !

Sur mon élan, j'envoie un lourd cendrier de cristal à travers la fenêtre qui vole en éclats. Puisque ce sera une scène unique, autant qu'elle soit homérique et que tout Mayfair en profite !

— Tu étais avec Mark, hein ? Qu'est-ce qu'il a de plus que moi, ce minable ?

Je crie et il continue de se taire, mais je l'ai vu ciller sur le prénom de Mark.

— Même si tu l'as bien baisé, il n'aura jamais le courage de quitter Joyce pour toi !

Il serre les dents, je viens de toucher un point sensible.

— Et tu peux foutre sa vie en l'air si ça te chante, il préférera toujours les femmes !

Il franchit la distance qui nous sépare, me prend brutalement par l'épaule, mais je n'ai plus rien à perdre et je le frappe de toutes mes forces. Il encaisse sans rien dire, réussit à me bloquer un bras dans le dos jusqu'à ce que je hurle de douleur, l'articulation à la torture. On piétine des morceaux de verre tandis qu'il me traîne vers la salle de bains. Je suis au-delà de toute forme de colère, je crois que j'aimerais qu'il me tue. Il pourrait sans doute le faire s'il lâchait la bride à la violence qui le secoue mais qu'il parvient à contenir. Quand l'eau glacée gicle et ruisselle sur moi, il me maintient la tête en bas et je me mets à pleurer.

*

Je n'arrive pas à réaliser, à comprendre, encore moins à croire ce que Mark vient de me dire.

Alexander ? Alexander et *lui* ? J'ai d'abord pensé qu'il inventait tout ça pour se venger, qu'il n'avait pas digéré cette histoire de baiser torride, à Noël, et puis non, évidemment, quelle conne je suis ! Depuis le début, j'ai péché par orgueil, trop flattée du pseudo-intérêt qu'Alex me portait pour rien voir. J'ai marché à fond dans son piège de séducteur chevronné. Comme j'ai dû le faire rire !

Je continue de regarder Mark, atterrée. Anéantie. Il m'aimait si bien ! Est-ce fini ? Pourquoi ? Je ne peux tout simplement pas l'imaginer dans les bras d'Alex. Ni d'aucun homme, d'ailleurs, mais Al encore moins. À la place de Dimitri ? Mark ? Dans quelle position ?

Oh, je me souviens très bien d'avoir fantasmé, à propos d'Alexander, et même de m'être vue dans son lit, mais… Mark ?

Le plus insensé est qu'il semble triste à mourir, déchiré pour moi. Je vois bien qu'il ne triche pas, son désespoir est réel, pourtant c'est arrivé, il a accepté qu'un homme le touche. Et il a apprécié. Où ont-ils fait ça, tous les deux ?

« Au Ritz », avoue-t-il dans un murmure à peine audible.

Au Ritz… Oui, c'est exactement pour ça qu'Alexander me bluffait et que, désormais, je vais le haïr. Ce salaud a le monde à ses pieds, il peut y mettre le prix et déployer le grand jeu, personne ne lui résiste ! Pourquoi s'en est-il pris à Mark ? À cause de ses yeux verts ? De sa franchise, sa gaieté ? Ou seulement parce qu'il était hors de portée ? Alex apprécie les défis, pour lui tout s'explique. Pas pour Mark !

— Et tu veux partir ?

C'est tout ce que je parviens à lui dire, sans obtenir d'autre réponse que lui faire baisser la tête. Envisage-t-il de vivre avec Alex ? Ou considère-t-il qu'il m'a trahie de telle sorte que notre couple est mort et enterré ?

Dimitri ne supportera jamais qu'Alexander le quitte, il lui mettra une balle dans la tête. À moins qu'il ne vise Mark ! Et moi, que suis-je censée faire ?

Je n'arrive pas à pleurer, je dois être en état de choc. La seule chose que je sais, c'est que j'aime mon mari, et que je ne le laisserai pas s'en aller.

— Mark, tu ne peux pas.

Qu'est-ce qui l'en empêche ? Alexander a dû le faire planer pour qu'il veuille me quitter.

— Tu ne peux pas, j'attends un enfant.

Touché. Il se décompose sous mes yeux. Pour gagner contre Alex, tous les coups me sont permis, et ce mensonge-là me sera pardonné, tant pis.

Seconde partie

Les mois qui suivirent furent les pires de ma vie. J'avais dû utiliser les grands moyens, certain de ne pas arriver à tenir ma parole si je ne tranchais pas dans le vif. D'abord, j'adressai deux lettres à Alexander, rédigées le jour même où Joyce m'apprit qu'elle était enceinte. Dans la première, envoyée chez lui, je lui expliquais la situation, espérant qu'il comprendrait à défaut de me pardonner. La seconde, expédiée au cabinet, contenait ma démission.

Dès le lendemain, nous partîmes pour la France, Joyce et moi. Trois semaines en Dordogne, dans ma famille, me permirent de récupérer un peu de courage, et il allait m'en falloir beaucoup pour oublier Alex. Mes parents furent si heureux de nous voir qu'ils ne remarquèrent rien du malaise qui m'empoisonnait. Ma mère ne songeait qu'à nous mitonner de bons petits plats, et mon père à m'entendre parler de l'Angleterre. Quant à Joyce, elle resta parfaite, pas une seule fois elle ne chercha à me culpabiliser, ni même à aborder le sujet. C'était comme si Alexander n'était jamais entré dans notre vie, ne l'avait pas détruite.

Le retour à Londres se révéla pourtant pire que ce que je redoutais et j'envisageai même de quitter la capitale. Mais Joyce appréciait son travail au journal, notre petite maison de Pimlico, aussi réussit-elle à me dissuader puisque, de toute façon, j'étais résolu à faire tout ce qu'elle voudrait.

Curieusement, mes rapports avec elle ne s'étaient pas dégradés, je pouvais la tenir dans mes bras sans rancune, lui sourire sans amertume, lui faire l'amour avec plaisir ou lui rapporter spontanément des fleurs. Elle n'était pour rien dans la souffrance qui me minait et que je ne voulais pas lui laisser voir. J'avais fait un choix, je m'y tenais. Si je l'avais abandonnée alors qu'elle attendait un enfant de moi, je n'aurais plus jamais pu me regarder dans une glace, je le savais.

À peine étions-nous revenus qu'un courrier officiel de chez Leander & Co. fut déposé à la maison par un coursier. De manière totalement impersonnelle, Alexander y accusait réception de ma démission. À des regrets très conventionnels, il avait fait joindre une lettre de recommandation exprimant sa vive satisfaction pour mon travail chez lui, ainsi qu'un chèque substantiel qui représentait beaucoup plus que les trois semaines dues. La fiche comptable récapitulait un nombre insensé d'heures supplémentaires afin de justifier la somme. Tout ça sortait de l'imprimante du cabinet, sans un seul mot écrit à la main hormis la signature d'Alexander. Mais celle-ci avait été apposée rageusement, je le vis à la manière dont la plume avait griffé le papier.

Je ne mis pas longtemps à retrouver un emploi, et j'entrai dans un cabinet moins célèbre que celui d'Alex mais plus reposant. Les gens étaient gentils, je montai là-bas des dossiers assez intéressants, et je crus que, à défaut d'être heureux, j'étais à peu près hors de danger.

À peu près seulement, car je ne parvenais pas du tout à oublier. Quand Joyce était endormie, blottie dans mes bras, je subissais inlassablement le même supplice. Je pensais à Alexander, je revivais chacune des minutes partagées avec lui. Que ce soit à Londres, à Donagh, ou – pire – au Ritz, je me souvenais des moindres détails. Aurait-il suffi que je refuse nettement, dès le soir où il m'avait mis la main sur l'épaule pour la première fois ? Serions-nous encore des amis si j'avais eu cette sagesse ? À longueur de nuits blanches, je réinventais inutilement une histoire dont j'avais moi-même écrit le mot « fin ». Chaque matin, en partant au travail, j'avais dans la bouche et dans le cœur un goût de cendre.

Joyce ne parlait jamais d'Alex et, sans nous concerter, nous évitions avec application tous les lieux où nous aurions pu le rencontrer. Mais j'entendais parfois un confrère le citer, il m'arrivait aussi de lire son nom dans la presse, et alors je me sentais désespéré.

Vers la fin du mois de mars, j'eus la malchance de tomber sur lui au moment où je sortais des cours royales de justice, dans le Strand. Aussi figés l'un que l'autre, nous restâmes d'abord quelques instants à nous dévisager, puis il fit l'effort de venir vers moi.

— Comment vas-tu, Mark ?

Sa voix manquait d'assurance, il s'en rendit compte en même temps que moi. Comme je ne lui répondais pas il ajouta, encore plus bas :

— Tu as mauvaise mine…

Il se tenait à un pas de moi et je perçus l'effluve de son eau de toilette. *Jaïpur*. La salle de bains de Donagh. Étais-je déjà amoureux de lui à ce moment-là ?

— … et tu me manques.

Je compris trop bien ce qu'il voulait dire. Avant même d'être amants, nous avions connu une authentique complicité, tous les deux, un réel bonheur à être ensemble. En le regardant, toujours aussi élégant, séduisant, j'éprouvai la sensation d'une perte irrémédiable, que rien ne pourrait jamais combler. Il m'adressa un signe de tête, ébaucha un sourire contraint, puis il s'éloigna et je le suivis des yeux, luttant contre l'envie de le rattraper.

*

Presque chaque soir, Mark me dit d'un air faussement joyeux que nous devrions commencer à chercher des prénoms. Hier, ça tombait plutôt mal parce que je venais juste d'avoir mes règles et que je ne vais pas pouvoir mentir beaucoup plus longtemps. Il n'est pas stupide, même si j'y arrive le mois prochain, il faudra que je lui explique pourquoi, chez moi, la grossesse dure plus d'un an !

Je me serais damnée pour que ce soit vrai. À quelques semaines près, c'était encore jouable, mais là, c'est fichu. Pourtant, j'avais mis tous les atouts dans mon jeu, au moment propice nous avons fait l'amour quotidiennement. Parfois, il demande, inquiet, si ce n'est pas « ennuyeux pour le bébé » !

Durant notre séjour en Dordogne, il a été adorable, et sa famille aussi. Sa mère correspond tout à fait à l'idée que je me fais d'une Française. Habillée avec un chic certain, accueillante, préoccupée de nourriture à longueur de journée. Quant à son père, c'est un archétype d'Anglais, sérieux mais pas sévère, drôle mais pas vulgaire, affectueux mais pas tendre. Ils étaient ravis de voir Mark, et plus encore d'être bientôt grands-parents. Ils adorent leur fils et sont évidemment loin d'imaginer que celui-ci puisse être attiré par les hommes. Mais Mark ne l'est pas, ne l'a jamais été, je le connais par cœur, ce sont les femmes en général qu'il aime, et moi en particulier. Alexander a été pour lui une exception.

Je ne veux pas penser à Alex, pourtant il m'arrive d'éprouver une curiosité dévorante. Le jour où Mark m'a avoué qu'il m'avait trompée, je ne lui ai posé aucune question, et je ne sais presque rien. J'ai juste demandé si Alexander avait eu la bonne idée de préserver tout le monde et, oui, bien sûr qu'il l'a fait. De ce côté-là, au moins, je suis tranquille, inutile d'aller passer le test de dépistage.

Donc, ils ont été amants. Ce qui signifie que Mark a poussé le jeu jusqu'au bout, qu'il s'est vraiment laissé faire comme… comme quoi ? Une fille ? C'est absolument impensable.

Je suppose qu'aujourd'hui il est guéri d'Alex, en tout cas, il n'en parle pas. Et, depuis, je ne l'ai jamais vu regarder un homme ni avoir la moindre attitude équivoque. Hormis une certaine tristesse, qu'il essaie de cacher, il demeure ce qu'il était avant, un mari prévenant, assidu, charmant. Est-ce qu'il se force, par sens du devoir ? J'ai misé là-dessus, à juste titre, mais maintenant je panique un peu. Devant un petit ventre rond, il aurait fondu de tendresse, j'en suis certaine, et, penché sur un berceau, il se découvrira un jour une âme de père qui balaiera tout le reste. Hélas ! je n'attends pas d'enfant. Que vais-je lui raconter ? Une fausse couche spontanée ?

*

Une fois de plus, comme les précédentes, j'ai jeté à la poubelle la lettre du directeur de l'Opéra. Cette fois-ci, c'était Paris, le palais Garnier, mais je ne suis pas encore prêt à quitter Londres.

En me réinstallant dans mon appartement de Soho, j'avais des idées carrément suicidaires et j'ai chargé mon agent de me trouver un contrat ailleurs, bien loin d'ici. Depuis, j'ai reçu je ne sais plus combien de propositions mirobolantes. Or je n'arrive pas à accepter autre chose que des voyages éclair pour une représentation exceptionnelle ici ou là.

L'Angleterre m'a bien accueilli, a fait de moi une star internationale, il paraît même que notre Très Gracieuse Majesté songe à me décorer. Sans compter qu'à Londres on peut être homosexuel sans choquer personne et sans se cacher, tout y est prévu pour la liberté. Alors, pourquoi me déraciner une nouvelle fois ?

J'ai trouvé une gentille femme de ménage, qui s'accommode de mes horaires décalés et ne vient ici que lorsque je suis au théâtre. En conséquence, le désordre est à peu près maîtrisé.

Longtemps, j'ai cherché une vengeance qui pourrait me soulager. J'ai passé des semaines à me demander comment blesser profondément et durablement Alexander. Jusqu'à ce que je le rencontre au Gordon's, un bar à vin. Il y était seul, picorant un buffet froid et buvant un verre, la tête penchée sur un dossier ouvert. Je suis resté à l'observer durant quelques secondes, avec l'idée d'aller lui renverser la table sur les genoux ou de casser un verre pour le défigurer. Mais il a dû avoir la sensation qu'on le regardait et il a levé les yeux vers moi.

Combien de temps vais-je encore me sentir à ce point démuni devant lui ? Ne suis-je, au fond, demeuré à Londres que pour continuer à respirer le même air que lui ? Je donnerais dix ans de ma vie, et ma carrière avec, pour qu'il m'ouvre les bras. Pourtant, la dernière fois qu'il m'a tenu contre lui, c'était par les cheveux et la tête en bas, je ne le lui pardonnerai jamais.

J'ai réussi à ne pas m'approcher de lui ce jour-là. À rejoindre, au comptoir, Kate et les amis danseurs avec qui j'avais rendez-vous. À ne pas me retourner, même quand Kate a dit : « Putain, je te comprends, il est vraiment craquant, ce mec ! »

*

J'étais en train de demander à Joyce à quel moment l'échographie pourrait nous faire connaître le sexe du bébé lorsque mon regard tomba sur la photo du *Sun*.

Nous recevions tous les quotidiens, y compris les plus populaires, car Joyce ne voulait pas rater une seule ligne de la presse concurrente. J'imaginai que la nouvelle figurait également dans son propre journal et que, en conséquence, elle était déjà au courant. Sous la photo, la légende précisait : *« Le mariage de lord Alexander Leander, comte de Donagh, avec lady Grace, deuxième fille du baron William St. Andrews. »*

Assommé, je restai sans réaction. Au bout d'un moment, je sentis que Joyce m'observait et je relevai la tête.

— Tout est bien qui finit bien, non ? dit-elle d'une petite voix pathétique. Ils se sont mariés à Venise…

Un nouveau coup d'œil à la photo m'apprit que la très jeune femme était plutôt jolie sous sa couronne de roses blanches. À côté d'elle, Alex souriait, en jaquette et haut-de-forme.

— Je ne lui en veux pas, ajouta Joyce plus fermement, je lui souhaite d'être heureux.

Pas moi ! En toute bonne foi, je n'y arrivais pas. D'ailleurs, le bonheur n'avait aucune part dans cette union. Je me souvenais trop bien du serment fait par Alex à George Leander, qui devait être l'unique raison de ces noces. Et pourquoi en Italie ? Pour éviter la fête qu'il n'avait sans doute pas envie de donner ici ? Était-il assez cynique pour prendre une épouse uniquement destinée à porter ses enfants, et dont il se débarrasserait dès que possible ? Deux semaines plus tôt, il m'avait dit : « Tu me manques. » À ce moment-là, il était à quelques jours de son mariage.

— Tu penses encore à lui, Mark ?

La question contenait une nuance de reproche que je perçus très clairement.

— Non, mentis-je. Mais tu ne m'as pas répondu, pour l'échographie ?

Elle éluda, comme chaque fois qu'il était question du bébé. Persuadé qu'il s'agissait de superstition, je n'insistai pas. Toutefois, je commençais à m'inquiéter de savoir s'il fallait peindre la chambre d'enfant en rose ou en bleu.

Une fois Joyce partie au travail, je restai un peu plus longtemps que de coutume à la cuisine, reprenant plusieurs tasses de café et me mettant en retard. À la fin, j'allai jeter le quotidien à la poubelle tant était forte la tentation de continuer à regarder la photo.

Tout le long du chemin, jusqu'au cabinet, je songeai à ce mariage improbable. Lady Grace connaissait-elle les penchants de son mari ? Avait-elle rencontré Dimitri ? Et comment le beau Russe réagissait-il ? Était-il toujours dans la vie d'Alex ? Je ne pouvais jamais me rappeler cette soirée du *Lac des cygnes* sans ressentir, tenace comme une ancienne douleur, un peu de la jalousie que j'avais éprouvée dans la loge de Dimitri. Et même s'il arrivait parfois qu'un homme, au restaurant ou dans la rue, suive Joyce du regard, si de temps à autre elle parlait trop tendrement de tel ou tel de ses collègues, rien de tout ça ne provoquait ce que m'avait fait vivre Alexander à l'Opéra.

Durant quelques jours, ma priorité absolue fut de ne pas penser au passé mais, à la fin de la semaine, mes efforts furent réduits à néant.

Mon nouvel employeur supposait que j'avais conservé d'excellents rapports avec la firme Leander & Co., à en croire l'élogieuse lettre de recommandation signée d'Alex. Or nous avions en commun à ce moment-là une affaire compliquée sur les bras, avec plusieurs défendeurs et autant de *solicitors* qui œuvraient chacun de leur côté, aussi devenait-il urgent de réunir nos efforts, l'audience approchant. Rendez-vous avait donc été pris avec Alexander en personne, et nul ne semblait plus indiqué que moi pour aller discuter avec lui. Malgré ma répugnance à l'idée de l'affronter, je ne pouvais pas me dérober, personne n'aurait compris, et je fus obligé d'accepter la mission.

Le mardi suivant, très mal à l'aise, je me rendis à dix heures précises dans cet immeuble que je connaissais par cœur, où j'avais travaillé pendant deux ans avec un plaisir fou. La réceptionniste me salua gaiement tandis que mon ancienne secrétaire filait me chercher un gobelet de café que je bus en sa compagnie. Elle m'apprit que le cabinet tournait à plein régime mais que, à mon poste, trois collaborateurs s'étaient succédé sans parvenir à satisfaire lord Donagh.

— C'est parce que je suis très exigeant, dit Alex que personne n'avait entendu approcher sur l'épaisse moquette. Viens, Mark…

Immédiatement glacé par l'intonation qu'il avait mise dans les deux derniers mots, je le suivis jusqu'à son bureau et m'installai face à lui, dans le coin salon. Être là me rendait malade, me paniquait, me paralysait. Pour me donner une contenance, j'étalai le dossier sur la table basse en essayant de ne pas regarder Alexander, une attitude qui me ramenait des mois en arrière.

— Laisse ces papiers tranquilles, déclara-t-il calmement. Raconte-moi d'abord ce que tu deviens.

— Rien d'extraordinaire…

Nerveux, je sortis de ma poche un stylo, puis mon paquet de cigarettes, et il se pencha en avant, son briquet à la main.

— L'arrivée du bébé se présente bien ? demanda-t-il avec détachement.

— Je ne sais pas. Je suppose, oui.

— Tu n'es pas curieux ! En ce qui me concerne, je veille de beaucoup plus près à mes intérêts.

— Ah, oui ! Tu t'es marié. Félicitations.

C'était un peu sec, aussi ajoutai-je, sans conviction :

— D'après la photo du journal, ta femme semble ravissante.

— Ne sois pas excessif. À la rigueur, elle est mignonne.

Ne pouvant continuer de fixer stupidement la table basse, je levai la tête. Il était en train de m'observer, avec une expression indéchiffrable.

— Il s'agit d'un mariage de convenance, tu t'en doutes, dit-il enfin.

— Tu tiens ta promesse, c'est ça ?

— Oui. Ni plus ni moins.

— Tu l'as avertie ?

Mon ton agressif parut le choquer et il leva les yeux au ciel.

— Évidemment ! Notre arrangement est simple, je veux un héritier. Si j'en crois les résultats du laboratoire, il est en route.

— Mais vous n'êtes mariés que depuis…

— Voyons, je ne l'aurais jamais épousée sans une certitude !

Il en parlait avec un tel détachement que je le trouvai soudain odieux.

— Alex, tu es vraiment… vraiment trop…

— Quoi ?

— … calculateur !

— Non. Un marché est un marché, et crois-moi, nous sommes deux à tenir les comptes, il n'y aura pas de perdant. Grace n'avait rien d'une vierge effarouchée, contrairement à ce que suppose son père, qui est un type impossible. Comme tous les Écossais !

Il avait l'air de goûter l'ironie de la situation et il finit par se mettre à rire.

— William est d'une avarice sordide… Quand je lui ai demandé la main de sa fille, il m'a traîné chez Cartier pour choisir lui-même la bague, un énorme caillou qu'elle ne portera jamais. Il possède une fortune colossale, mais la seule dot qu'il ait consentie à Grace est une maison en ruine, à Bloomsbury, quartier sinistré depuis que les éditeurs l'ont quitté. J'ai accordé à Grace un crédit illimité pour qu'elle retape cette maison où elle compte habiter lorsque nous aurons divorcé. Elle me confiera la garde de notre enfant et, en échange, je lui ferai une rente pour qu'elle vive à sa guise. Or elle aime s'amuser… Dès qu'elle en aura terminé avec ce pensum, elle sera libre.

Comme il s'était mis à pleuvoir, il se leva pour fermer l'une des fenêtres entrouverte.

— Veux-tu boire quelque chose, Mark ?

Je le regardai pour de bon, enregistrant le moindre détail de son allure. Costume trois-pièces bleu marine, chemise blanche, cravate bleue et rouge. Un modèle d'élégance classique, égal à lui-même. Les cheveux admirablement coupés, toujours aussi blonds, une alliance à la main gauche. Et toujours cette certitude de pouvoir manipuler les gens à sa convenance.

— Non, je ne veux pas boire, lâchai-je le plus froidement possible, je préférerais que nous parlions de ce dossier, je ne sais pas pourquoi tu me racontes tout ça.

— Pour que tu le saches ! répliqua-t-il d'une voix cassante. C'est la meilleure des raisons, non ? Je ne suis pas en train de t'oublier ni de me consoler ailleurs, je profite juste de l'intermède que tu m'imposes pour faire mon devoir !

Médusé, je restai sans réaction. Il alla jusqu'à la porte, et réclama à sa secrétaire deux cafés qu'il vint déposer lui-même sur la table basse. Je voulus boire une gorgée du mien, mais il était brûlant.

— Je n'aurais pas dû venir, Alex. C'était l'idée de mon patron, pas la mienne.

— En réalité, c'est moi qui l'ai exigé, répondit-il tranquillement. J'ai fait comprendre que je ne négocierais avec personne d'autre.

— Pourquoi ?

— À ton avis ?

Debout à côté de moi, il me dominait de toute sa taille et je me perdis un moment dans ses yeux clairs. Le silence persista durant plusieurs minutes, de plus en plus difficile à supporter. Les bruits des autres bureaux nous parvenaient à peine, très assourdis par la porte capitonnée, nous isolant davantage dans cet impossible tête-à-tête.

— Mark, dit-il tout bas, tu me manques vraiment.

— J'ai fait un choix et tu l'as accepté ! Tu ne...

— Accepté ? Comment as-tu pu croire ça une seule seconde ?

Il semblait soudain en colère et je me levai, prêt à partir en lui abandonnant le dossier, mais il fut plus rapide que moi. D'un geste imprévisible, il m'attira à lui. Ce fut une étreinte juste esquissée, je sentis à peine ses lèvres frôler les miennes, pourtant ce que j'éprouvai alors fut suffisant pour m'ôter toute envie de le fuir. Il s'écarta presque aussitôt, en murmurant :

— Quoi qu'il en soit, tu déjeunes avec moi.

Ce médecin est impossible ! Il m'a expliqué que plus je m'obséderai, moins j'y arriverai. « On tombe enceinte sans y penser, madame. » Qu'est-ce qu'il en sait, cet abruti ?

Je devrais profiter de cette visite pour expliquer à Mark que l'œuf était mal accroché et que nous avons perdu « notre bébé ». Mais j'ai tellement peur de sa réaction que je ne crois pas pouvoir mentir avec assez d'aplomb. Et s'il en profitait pour revoir Alexander ? Peut-être aurions-nous dû quitter Londres, finalement, j'ai eu tort de refuser quand il le proposait.

Du journal, j'ai appelé Dimitri. Mark ignore que je le rencontre de temps en temps. Je n'ai pas coupé les ponts avec lui parce qu'il est gentil, complètement paumé depuis qu'Al l'a renvoyé chez lui, et puis je me dis qu'il détient la clef de toute cette histoire. Peut-être me donnera-t-il un jour l'explication qui me manque ?

Je l'ai retrouvé dans le salon de réception du Brown's Hotel pour un thé. Il a toujours son air farouche et mélancolique de prince russe, sauf qu'il est aussi roturier que moi. Habillé à la dernière mode, comme à son habitude, extravagant et sublime car il peut porter n'importe quoi.

Il dit qu'il est fatigué, commande pour nous deux du thé, des sandwiches au concombre et du champagne. J'évite de lui demander comment il va, d'abord parce qu'il n'a pas l'air heureux, ensuite parce qu'il ne supporte pas cette question. Il est déçu d'apprendre que je n'attends toujours pas d'enfant.

— Garde ton mari à l'abri quand même, me conseille-t-il, mieux vaut pour lui qu'il ne retombe jamais dans les griffes d'Alexander !

— Non, je ne crois pas, je pense vraiment que Mark a eu un moment d'égarement, de…

Son éclat de rire attire les regards vers notre table et il se penche vers moi, baissant un peu la voix.

— Joyce, comment peux-tu dire sérieusement des âneries pareilles ? D'égarement ? D'extase, oui ! Si tu savais le genre d'amant qu'est Alex… Un bon conseil, fais travailler ton imagination au lit, ou bien Mark retournera dans celui d'Alex ventre à terre.

Ses propos ne me choquent pas, mais m'inquiètent. Quand il a prononcé le mot « amant », son regard sombre s'est troublé. Sur ce plan-là aussi, Alex serait inoubliable ? Dimitri reste songeur un instant avant de conclure, impitoyable :

— Ma chérie, je me suis tapé des tas de types, mais aucun n'avait la moitié de la sensualité d'Alexander. Je n'en étais pas seulement amoureux, j'en étais dépendant. Accro ! Et depuis, je suis comme un junkie sans sa came, voilà.

Il l'avoue très simplement, partagé entre regrets et rancune.

— Pourquoi ne fais-tu pas la paix avec lui, Dimitri ?

— Ah, non ! Non, ça non...

Il m'a raconté de quelle façon Alex l'a traité. Comment il l'a interminablement maintenu sous l'eau froide, au risque de lui déboîter l'épaule, jusqu'à ce qu'il soit trempé. Dimitri a fini à genoux près de la baignoire, claquant des dents, humilié, vaincu, sans qu'Al lui ait adressé la parole. C'est Stan qui a bouclé ses valises et appelé deux taxis pour que tout soit embarqué séance tenante. Quand Dimitri a quitté Mayfair, ses vêtements étaient encore mouillés et il n'avait obtenu ni un mot ni un regard d'Alexander. En réalité, ce n'est pas cher payé si on pense à tout ce qu'il a détruit dans la maison, y compris un tableau de Constable auquel Al tenait beaucoup.

— Le lendemain de notre rupture, figure-toi qu'il était chez Christie's où il a dépensé une fortune, je l'ai appris par un copain. Il a redécoré sa chambre et son bureau, je suppose.

— Un vrai nid d'amour pour sa jeune épouse !

Ma plaisanterie ne semble pas l'amuser, il hausse les épaules.

— Non, ils n'habitent pas ensemble. Je connais Alex, il ne la supporterait pas. Ni elle ni une autre.

— Alors, va le voir ! Toi, il t'adorait...

— Pas vraiment. Il me désirait, mais il n'y a jamais mis de sentiment.

Perplexe, je vide une tasse de thé et j'avale trois sandwiches coup sur coup. Dimitri me fait de la peine. Il a tout pour être aimé et, jusque-là, j'étais persuadée qu'Alex avait été fou de lui, même s'il ne l'avait montré que lors de cette mémorable soirée du *Lac des cygnes.*

— Pourquoi lui as-tu imposé une scène pareille, Dimitri ? Mark n'était pour lui qu'une passade, que...

— Oh, assez !

Le regard qu'il me lance n'a plus rien d'amical.

— Tu vois la vie en rose, Joyce ! Alexander s'est toqué de ton mari dès la première minute, c'est d'ailleurs pour ça qu'il l'a engagé. Tu croyais autre chose ? Il t'a séduite, toi, afin de pouvoir vous sortir tous les deux, et tu as marché à fond ! Après, il a pris son temps, il a observé Mark, il s'en est fait un véritable ami. Ensuite, une par une, il a essayé à peu près toutes les tactiques mais il s'est heurté à un mur, Mark ne voyait rien ou ne voulait pas voir, il a rendu Alex enragé. Comme personne ne lui résiste jamais, c'est devenu pour lui un véritable challenge et il s'est pris au jeu sans même s'en apercevoir. Aujourd'hui, il l'aime passionnément. Je serais toi, j'emmènerais Mark très loin d'ici !

Je médite ses paroles, pas vraiment convaincue. Après tout, Alexander a fini par arriver à ses fins, il a eu Mark, l'épisode est clos. Dimitri aurait pu fermer les yeux sur cette incartade, je l'ai bien fait, moi !

— Alex est un prédateur, Joyce, tu n'as aucune idée de ce dont il est capable...

Le cynisme de Dimitri est déroutant. Pourquoi veut-il brûler ce qu'il a adoré ? Quoi qu'il puisse dire ou croire, Alex et lui formaient un beau couple. D'une certaine manière, ils étaient à la mesure l'un de l'autre. Dimitri a été blessé dans son orgueil, pourtant, s'il le décidait, je parie qu'il pourrait récupérer Alexander en une seule soirée.

Il vide sa coupe de champagne, en réclame une autre, puis il m'enveloppe d'un long regard apitoyé.

— Quand vas-tu dire la vérité à Mark, à propos de votre enfant ?

— Je ne sais pas... Bientôt, je suppose...

Il va falloir m'y résigner, mais je suis morte de peur. Comment avons-nous pu en arriver là et tomber si bas, tous les quatre ? Il y a quelques mois à peine, nous étions tellement heureux !

*

Je mis un temps fou à trouver le sommeil, cette nuit-là. Joyce dormait blottie contre moi et j'essayais de ne pas bouger pour ne pas la réveiller. Je me sentais écrasé de culpabilité, misérable, nul. Joyce m'avait pardonné, me faisait confiance, pourtant j'avais recommencé à mentir en lui cachant que j'avais revu Alex. Même dans le cadre d'un rendez-vous professionnel, j'étais sûr qu'elle le prendrait mal. À juste titre, d'ailleurs, car ces quelques heures passées en compagnie d'Alexander avaient réveillé toutes mes angoisses. Il suffisait toujours qu'il me frôle, ou qu'il me regarde d'une certaine manière pour que je me retrouve souffle coupé, à sa merci.

Pendant le déjeuner, il m'avait parlé de sa femme, qui partageait son temps entre Donagh, où lady Annabel l'entourait d'attentions, et Londres, où elle surveillait assidûment les travaux de sa maison. Lorsqu'elle séjournait dans la capitale, Alex sortait volontiers avec elle pour s'afficher un peu, puis il la raccompagnait au Waldorf, jusqu'à la porte de la suite qu'il réservait pour elle chaque fois qu'elle était de passage. Il trouvait Grace agréable, amusante, et surtout très arrangeante. Leur brève liaison préconjugale n'avait évidemment pas duré car, dès la grossesse certifiée, il ne l'avait plus touchée.

— Et je ne compte pas m'y remettre, ce devoir de procréation à jours fixes était plutôt assommant, pour l'un comme pour l'autre ! m'avait-il affirmé en riant.

De retour au cabinet, nous nous étions enfin penchés sur le dossier, et, comme nous avions l'habitude de travailler ensemble, la plupart des problèmes avaient été résolus en une heure. Au moment de nous quitter, nous étions aussi nerveux l'un que l'autre. Il avait fini par me dire qu'il me verrait à l'audience, trois semaines plus tard, et je m'étais sauvé, la mort dans l'âme.

J'étais toujours amoureux d'Alexander, et ce constat me torturait. Je n'avais même pas osé lui demander ce que devenait Dimitri, ni si leur liaison durait encore. Je ne voulais pas le savoir, je ne voulais plus me rendre malade d'une jalousie sans objet. Alex ne devait plus faire partie de ma vie, voilà tout.

Le plus doucement possible, je bougeai un peu, et ma main effleura le ventre de Joyce. Nous allions bientôt former une famille heureuse, j'essayais désespérément de m'en persuader. Elle portait notre enfant, je n'avais pas le droit de manquer à mon devoir. Et peut-être l'arrivée d'un bébé me distrairait-elle de mon obsession, me sauverait-elle de mes démons ? Sauf qu'Alexander n'était pas le diable, et que l'aimer ne faisait pas de moi un monstre.

*

Je sais, je n'aurais pas dû. C'était un appel au secours ridicule, et ça ne changera rien. Mais il est venu, malgré tout il est là, c'est la seule chose qui compte.

Il est entré avec sa clef, qu'il possède toujours puisque je ne la lui ai jamais réclamée, flanqué d'un ami médecin. L'air inquiet et concerné, sans formuler l'ombre d'un reproche, il m'a ramassé sur le tapis où j'avais échoué, m'a déposé avec précaution sur mon lit.

— Laisse-toi examiner, fais-moi plaisir, a-t-il dit avant de quitter ma chambre, par discrétion.

J'ai parlé longtemps avec le médecin qui a été patient. Je suis déprimé, rien de nouveau, et sans doute mûr pour n'importe quelle bêtise, mais enfin ces comprimés ne m'ont pas tué, même si j'y suis allé un peu fort. Voulais-je vraiment en finir, disparaître ? Je ne sais plus… J'avais déjà pris peur et bu des litres de café quand j'ai appelé Alexander, à peine conscient de faire son numéro alors que tout ce cirque n'avait probablement que ce but ultime : entendre sa voix.

Une fois le toubib parti, je suis allé prendre une douche et, en revenant me coucher, j'ai trouvé Alex assis au pied de mon lit. Il ne me demande rien, il me regarde gentiment. J'ai envie de lui dire des horreurs, qu'il est responsable de mon désespoir, qu'il a ravagé ma vie, qu'il finira seul dans son manoir battu par les vents, mais je me réfugie sous ma couette, sans le quitter des yeux, avide de sa présence.

— Je reste jusqu'à ce que tu dormes, décide-t-il.

Je ne l'aurais pas suggéré, et qu'il y pense de lui-même me rend si triste que je lui tends la main.

— Désolé, Alex...

Ses doigts caressent les miens et j'ai immédiatement envie de lui, même si le moment est très mal choisi.

— Je ne croyais pas que tu viendrais. Tu aurais pu raccrocher ou m'envoyer au diable.

— Je ne suis pas ton ennemi, Dimitri.

C'est assez généreux de sa part, hélas ! je ne veux pas de son amitié, encore moins de sa compassion, tout ça me donne envie de pleurer.

— Alex, je peux te demander une faveur ?

— Vas-y.

— Embrasse-moi.

Il n'hésite qu'une seconde puis se penche vers moi. Il ne fait pas les choses à moitié, et, quand il me lâche, je n'ai plus aucune volonté, plus la moindre rancune contre lui.

— Merci...

— De rien, c'était agréable, réplique-t-il avec son habituelle désinvolture.

Une façon de me rappeler qu'il ne m'aime pas mais que je lui plais toujours. Je garde sa main dans la mienne et je ferme les yeux.

— Je vais te faire un cadeau, Alex.

Comme il ne répond pas, je rouvre les yeux. À la lueur de la lampe de chevet, il est désespérément attirant. Pour une fois, il n'est pas en costume trois-pièces, il porte juste un tee-shirt et un jean noirs, preuve de sa hâte à s'habiller en pleine nuit pour venir jusqu'ici. Ma chambre est en désordre, cependant il n'y prête pas attention, c'est moi seul qu'il regarde, avec une tendresse à fendre le cœur. De ça aussi, je veux le remercier.

— Joyce n'est pas enceinte.

Il ne s'agit pas d'une trahison. Quitte à choisir un camp, je prends celui des hommes. Car si contraindre Alex à m'aimer est impossible, en revanche je peux forcer sa reconnaissance et je ne vais pas m'en priver.

— Tu es sérieux, Dimitri ?

Sa voix annonce l'orage à venir. En lui offrant la vérité, je suis en train de fabriquer à Joyce un adversaire implacable. Tant pis.

— Je l'ai vue aujourd'hui. Elle n'attend aucun bébé, je le sais depuis le début.

— Et Mark ?

Mon Dieu, sa manière de prononcer ce prénom ! J'en conclus qu'il n'est pas guéri, bien au contraire. Serait-il donc capable de souffrir ? Lui ? Il attend ma réponse avec une appréhension si évidente que, soudain, je le plains.

— Mark y croit toujours.

Voilà, le cadeau est somptueux et j'ai mis un ruban autour. Alexander ne s'y trompe pas, ses doigts se resserrent sur les miens.

— Désires-tu quelque chose en échange, Dimitri ?

— Non. Ce n'est pas un renseignement que tu me paies, je te l'offre.

Apparemment, il ne comprend pas pourquoi. Mais il me connaît assez pour ne pas douter de ce que je viens de dire.

— J'espère que ça couvrira le montant de tout ce que j'ai saccagé chez toi.

— Bien au-delà, affirme-t-il. Je te suis redevable, demande-moi n'importe quoi.

N'importe quoi ? Ah, je ne peux pas laisser passer l'occasion, j'en ai trop envie ! Au lieu de répondre, je repousse lentement la couette jusqu'à lui et j'attends. Il me détaille des pieds à la tête, puis il acquiesce, avec un sourire.

*

Le *barrister* engagé par Alexander pour plaider dans l'affaire concernant son cabinet et le nôtre était l'un des plus célèbres *Queen's Counsel* de Londres. Néanmoins, il eut une longue conversation avec Alex avant l'audience qui se tenait à la division du banc de la reine.

L'affaire nous prit une partie de l'après-midi, durant laquelle Alex m'adressa à peine la parole, et ce ne fut qu'en sortant de la Haute Cour de justice qu'il m'attira à l'écart.

— Maintenant, tu viens boire quelque chose avec moi ! déclara-t-il d'un ton sans réplique.

Il m'entraîna dans un pub de Fleet Street où l'on servait un excellent whisky, et nous emportâmes nos verres jusqu'à une table isolée, tout au fond de la salle.

— Mark, j'ai une nouvelle à t'apprendre, qui ne va pas te faire plaisir.

J'avais travaillé avec lui assez longtemps pour connaître ses intonations, et je fus aussitôt submergé par une bouffée d'angoisse. Ce qu'il allait m'annoncer était à l'évidence très grave, mais à présent nos vies étaient si distinctes l'une de l'autre que je ne devinais pas ce qui pouvait nous concerner tous les deux en même temps.

— Bois d'abord, dit-il en m'observant.

— C'est si terrible ?

— Pour toi, sans doute.

À tout hasard, je suivis son conseil et j'avalai quelques gorgées.

— Non, finis-le, exigea-t-il.

— Alex, je ne tiens pas à me saouler ! Et je dois rentrer chez moi, je...

— Tu seras moins pressé dans une minute.

De plus en plus inquiet, je le dévisageai. Il ne semblait ni alarmé ni triste, peut-être seulement impatient.

— Bon, attends-moi, décida-t-il.

Il retourna au comptoir, reprit deux verres et revint s'asseoir en face de moi.

— Avant tout, Mark, je voudrais te dire quelque chose... J'ai pu supporter de te savoir hors de portée parce qu'il s'agissait d'une bonne raison. À peu près la seule devant laquelle j'étais obligé de m'incliner, au moins momentanément. Mais je n'ai pas cessé de t'aimer pour autant. « Loin des yeux, loin du cœur » est un proverbe français, pas anglais. Même si tu partais au bout du monde, tu resterais l'homme qui m'obsède.

Il marqua une pause, et j'en profitai pour lui signaler que je ne comprenais pas un mot de ce qu'il me disait. Comme mon anxiété augmentait, et qu'il le voyait forcément, il acheva, d'une traite :

— Ta femme te ment depuis le début, elle n'est pas enceinte. Il n'y a pas de bébé en préparation, tu ne seras pas père d'ici quelques mois. C'est dommage, nous aurions presque pu l'être ensemble.

Son sourire sans joie me terrifia. Il n'aurait jamais proféré une énormité pareille s'il n'en avait pas eu la certitude, pourtant il ne pouvait pas l'avoir !

— Je suis navré d'être celui qui te l'apprend, ajouta-t-il.

— Explique-toi, Alex...

Ma voix s'étrangla, j'étais en train de penser à certains détails qui auraient dû m'alerter et que j'avais refusé de voir. Joyce ne parlait du bébé qu'à contrecœur, ne faisait pas de projets, ne s'intéressait ni à la layette ni à la future chambre, et surtout elle gardait sa silhouette svelte de jeune fille.

— Que dois-je t'expliquer, Mark ? Que tu t'es fait avoir ? Que Joyce t'a mené en bateau pour te garder ? Tu sais que je ne mésestime jamais la partie adverse, aussi je pense que j'aurais agi de même à sa place.

Il ne s'abaisserait pas à dire du mal de ma femme, mais je le sentais d'humeur très combative et, quand je relevai la tête, son regard me transperça. Il avait pris la précaution, en préambule, de me dire qu'il m'aimait, ses intentions étaient très claires.

— Comment l'as-tu su ?

— Peu importe.

— Je veux une réponse, Alex !

— Dimitri.

C'était si improbable que je commençai à me sentir vraiment très mal.

— Et lui ? Par quel miracle est-il au courant ?

— Il voit Joyce de temps en temps.

— Ah... Encore une chose que j'ignorais...

Je tendis la main vers mon second verre et le vidai.

— Où en es-tu avec Dimitri ?

— Nulle part.

— C'est-à-dire ? La dernière fois que tu as... passé un moment avec lui, c'était quand ?

— La semaine dernière.

— Et tu as... Vous avez...

J'étais incapable de formuler la question en termes crus, mais ce n'était pas nécessaire, il m'avait compris.

— Oui, admit-il sans baisser les yeux.

S'ajoutant à ce que je venais d'apprendre, cette ultime précision acheva de me révolter. Je ne savais pas si ce qui me faisait le plus de mal, à cet instant précis, était la trahison de Joyce ou l'inconstance d'Alex.

Inconstance ? Où allais-je chercher un pareil jugement ? J'avais quitté Alexander après la nuit passée au Ritz, rompant par simple lettre, et j'aurais voulu qu'il me soit fidèle ? C'était ridicule, néanmoins j'étais toujours jaloux de Dimitri. Comment pouvais-je penser à autre chose qu'au mensonge de ma femme, à cet enfant qui n'existait pas ?

Je me levai brusquement, hors d'état de rester là. Il fallait que je rentre, que je parle à Joyce, que je réfléchisse. Alexander me suivit mais je ne m'en aperçus qu'une fois sur le trottoir, lorsqu'il me barra la route.

— Mark, s'il te plaît...

Je l'écartai d'un geste ferme, pressé de gagner la station de métro.

*

Je pleure parce que c'est bien le seul moyen pour l'empêcher de se mettre en colère. Je pleure parce que je regrette amèrement de ne pas porter ce bébé qui nous aurait réunis tous les deux. Et sauvés. Je pleure parce que je ne suis pas sûre, désormais, de pouvoir gagner la partie contre Alexander.

Je ne sais pas comment Mark l'a su, deviné ou compris. Mais je l'aime et je ne veux pas qu'il s'en aille. Je ne veux pas qu'il me quitte pour quelqu'un d'autre, encore moins pour un homme, c'est grotesque ! Je ne veux pas qu'il m'en veuille ou qu'il me méprise. Je n'ai agi que par amour, pour ne pas le perdre, j'essaie de le lui expliquer.

Il est tellement agité qu'il me fait peur, il doit se sentir trahi, bafoué, piégé. Je dis que je désire un enfant plus que tout au monde, un enfant de lui, et qu'il n'est pas trop tard pour le fabriquer puisque nous étions d'accord, que nous le voulions tous les deux.

C'est la première fois que je vois Mark les larmes aux yeux, mais sur qui pleure-t-il ? Sur le bébé ? Sur moi ? Sur Alex ?

Je ne le laisserai pas partir. Jamais. Je continue de sangloter, hystérique, peut-être moche avec le maquillage qui coule, mais je m'en moque. Je ne supporte pas l'idée qu'il puisse franchir cette porte pour courir chez Alexander. Ni que, prétendument pour le consoler, Al le déshabille, le couche dans son lit et le fasse gémir de plaisir. Rien que d'y penser, je suis malade de honte, pour lui et pour moi. C'est mon mari, pas un pédé, pas une folle !

Je le lui dis. Je lui dis tout ce qui me passe par la tête et je le vois blêmir. Il chancelle sous des vérités qu'il prend pour des insultes. Je le préviens qu'il ne pourra plus jamais se regarder en face, qu'il s'apprête à faire son malheur, et le mien avec. Il doit me laisser une chance, je vais l'y contraindre.

Finalement, il s'en va. Sans doute errer dans Londres, ou pleurer tout son soûl. Seul, j'en mettrais ma main à couper. C'est une demi-défaite, mais je m'en contenterai pour l'instant. Il existe forcément un moyen de lutter, et je le trouverai.

*

Je marchai très longtemps sous une petite pluie fine et glacée. Hagard. Malheureux comme une pierre. Sans m'en apercevoir, j'allai jusqu'à la Tamise, que je me mis à longer vers le nord. À la hauteur de Charing Cross, j'obliquai vers Piccadilly, puis Green Park, passant ainsi devant le Ritz. Je ne m'y arrêtai qu'un instant pour lever les yeux sur la façade, me demandant quel genre de crime j'avais commis là et combien de temps encore il me faudrait le payer. Je tournai au coin de Hyde Park, remontant vers Mayfair. Je n'avais pas vraiment conscience d'avoir pris la direction de Grosvenor Square, néanmoins j'y arrivai.

Vue du trottoir d'en face, la maison d'Alexander était superbe, imposante, brillamment éclairée. Adossé à un réverbère, je restai à la contempler durant un temps infini. Combien de fois avions-nous sonné ici, Joyce et moi ? Pour des dîners intimes, des réceptions fastueuses, parfois un simple bridge ou une coupe de champagne, et toujours nous y étions accueillis à bras ouverts. Joyce avait adoré Alex, au sens propre du terme, et moi, je l'aimais.

Il devait être chez lui. Recevait-il des amis ? Sa femme ? Dimitri, peut-être ? Pourquoi étais-je tellement jaloux de ce Russe, de son talent, de ce pouvoir qu'il conservait sur Alex ?

Trempé, accablé, je regardais les fenêtres d'un homme dont j'étais fou sans accepter de me l'avouer, dont je voulais les mains sur moi. Et que je ne pouvais pas aimer sans renier tout ce à quoi j'avais cru jusque-là. Les injures de Joyce, les mots délibérément blessants qu'elle avait utilisés me revenaient un à un comme autant de poisons. Dans quel enfer étais-je sur le point de basculer ?

Les larmes de Joyce m'avaient anéanti, car jamais je n'aurais pu imaginer la faire pleurer un jour. Pourtant, sa douleur m'était étrangère à présent que je ne voyais plus en elle la mère de notre enfant. Ce bébé tant attendu avait-il été le seul lien qui me rattachait encore à elle ?

Quand je pris conscience des vibrations insistantes, dans ma poche, j'étais transi. Les doigts gourds, je mis un certain temps à extirper mon portable, à répondre, d'une voix atone, aux questions exaspérées d'Alexander.

— Où es-tu, Mark ?

— Devant chez toi.

— Tu n'as pas l'air dans ton état normal. Je ne plaisante pas, où es-tu ?

— Sous tes fenêtres.

Un silence, puis je vis sa silhouette s'encadrer dans l'une des croisées du premier étage.

— Je descends te chercher ?

— Non, Alex... Je ne veux pas de toi, je ne veux rien.

— Tu vas rester sous la pluie ?

Il s'efforçait de garder une voix raisonnable, mais son angoisse était palpable. Devais-je y croire ? Et quand bien même ?

— Tu as quitté ta femme ? Tu viens vivre avec moi ?

— Non.
— Tu comptes dormir sous ce réverbère ?
— Je ne sais pas. Je crois que je vais aller à l'hôtel.
— Dis-moi lequel.
— Aucune idée.
— Va au numéro 11 de Cadogan Gardens.
— Pourquoi ?
— C'est l'ancienne résidence de lord Chelsea. Très confortable. Discret, intime, dans la verdure, tu y seras bien. Je n'y mettrai pas les pieds, je te le jure, mais je ne veux pas te savoir en danger cette nuit.
— En danger ?
Il se tut quelques instants puis murmura :
— Traverse et pousse la porte, tu en as envie.
— Non, je ne le ferai pas.
— Je t'aime, Mark.
— Je ne te crois pas.
Je coupai la communication, plus désespéré qu'avant son appel. La pluie avait traversé mon imperméable, j'avais froid. Je me mis en marche sans savoir de quel côté aller. Cadogan était à Chelsea, je pouvais m'y rendre, j'avais au moins une carte de crédit sur moi.
Quand j'arrivai devant l'élégante façade victorienne de l'hôtel, j'étais dans un état d'épuisement proche de l'engourdissement. Encore un peu et je me serais volontiers assis sur un trottoir pour n'en plus bouger. Le réceptionniste qui m'accueillit le fit avec une extrême déférence, mais j'étais trop fatigué pour m'en étonner. Je n'eus pas le temps de lui demander une chambre, il me conduisit d'office jusqu'à un superbe appartement au mobilier patiné par les ans, d'un confort très intimiste. Sur une table juponnée, je vis une bouteille de champagne dans un seau, un plateau de sandwiches et une pile des quotidiens du jour.
— Si vous désirez quoi que ce soit, Monsieur...
L'employé m'adressa un signe de tête plein de respect, tira les rideaux puis posa la télécommande du téléviseur à côté des journaux.
— Lord Donagh vous souhaite une excellente nuit, Monsieur, ajouta-t-il avant de s'éclipser.

Excellente, elle n'avait aucune chance de l'être, mais je pris un bain très chaud avant de me coucher et, contre toute attente, je sombrai dans un sommeil sans rêves.

Le lendemain matin, lorsque j'émergeai, il était déjà huit heures. Le temps de me préparer, d'avaler une tasse de café et d'appeler le cabinet pour prévenir que je ne viendrais pas, je ne descendis qu'à neuf heures. À la réception, un homme d'une parfaite courtoisie m'informa que la note était réglée, puis il m'escorta jusqu'à la porte.

Dehors, sous la pluie qui tombait sans désemparer depuis la veille, je vis le cabriolet d'Alex. Depuis quand était-il là ? Fidèle à sa parole, il n'avait pas mis les pieds à l'hôtel, néanmoins il ne me laissait aucune chance de lui échapper. Résigné, j'ouvris la portière côté passager et m'assis à côté de lui sans dire un mot.

— Bien dormi ? demanda-t-il d'un ton neutre.

— Finalement, oui.

— C'est un endroit agréable...

Au lieu de démarrer, il se tourna vers moi.

— Ton employeur t'attend ?

— Non.

— Parfait. Tu vas prendre une semaine de vacances, d'accord ? Tu dois avoir besoin de réfléchir, je t'emmène à Donagh.

— Réfléchir près de toi, Alex ? Je ne sais pas si ce serait très équitable.

— Pourquoi ? Joyce a eu l'avantage sur moi pendant des années, elle est toujours là quand tu prends une décision, cette fois laisse-moi plaider ma cause !

Sa véhémence trahissait sa nervosité et il se domina, ajoutant plus doucement :

— Il n'y a personne là-bas, ma mère est à Londres avec Grace, elles passent leurs journées à courir les magasins de décoration.

La tentation d'accepter était forte, je ne me voyais pas rentrer chez moi et reprendre avec Joyce une discussion dont nous sortirions aussi meurtris l'un que l'autre.

— On y va ? murmura Alexander en démarrant.

Tandis qu'il s'insinuait dans la circulation, je lui jetai un coup d'œil et lui trouvai les yeux cernés, l'air fatigué. À quoi ou à qui avait-il consacré sa nuit ?

— Il faudrait que je m'arrête chez moi, je n'ai que mon portable et une carte de crédit, je ne...

— Non, Mark.

Amusé par son autoritarisme, je me demandai si je n'allais pas profiter d'un feu rouge pour descendre, mais je cédai en haussant les épaules et bouclai ma ceinture de sécurité. À Donagh, où les moindres désirs étaient prévenus par le personnel, je trouverais tout ce dont j'avais besoin, je le savais.

*

À midi, j'ai craqué, j'ai appelé le cabinet et je me suis ridiculisée car Mark n'est pas allé travailler aujourd'hui. Que sa propre femme l'ignore a dû leur paraître risible. Et s'ils savaient la vérité, ils s'amuseraient plus encore !

Son portable est coupé, je lui ai laissé un mot incendiaire sur sa messagerie, puis, cinq minutes après, j'ai rappelé pour m'excuser et pour lui dire que je l'aime.

Il est forcément avec Alexander. Cette idée me ronge tellement que je finis par téléphoner chez Leander & Co. où l'on me répond que « lord Donagh » est absent. Comme par hasard ! Je demande à quelle heure je pourrai le joindre et on me conseille de laisser mes coordonnées, il me contactera. Quel salaud ! J'injurie la standardiste mais, en raccrochant, je me rends compte qu'elle a dû me prendre pour une maîtresse éconduite par son patron, et ma rage augmente d'autant.

Où sont-ils partis se cacher ? S'il le décide, Alexander peut emmener Mark au bout du monde. Pour une lune de miel ? Nous avions passé la nôtre à Paris, je me souviens de ce restaurant de Montmartre où Mark en oubliait de manger tant il me regardait. Nous partagions les mêmes rêves et les mêmes désirs à ce moment-là. Comment aurais-je pu supposer qu'il me quitterait un jour pour un homme !

Mais je ne vais pas me résigner comme ça, j'ai encore une ou deux cartes à jouer, dont un atout maître. Je n'en suis plus à essayer de le ménager, désormais tous les coups sont permis.

*

Donagh Castle était magnifique au printemps, lady Annabel n'avait pas exagéré. Les jardiniers avaient taillé les haies au cordeau, le gazon était gras, d'un vert intense, et une incroyable profusion de fleurs mettait de la couleur partout. Des lys, des asters, des glaïeuls et des tulipes, des parterres de mauves et de pétunias, une multitude de roses s'épanouissaient sous un soleil timide.

En haut du perron, Dick nous attendait. Il nous accueillit avec un discret sourire de bienvenue, s'inclina devant Alex en ouvrant la porte, et annonça aussitôt que les rafraîchissements étaient servis dans le petit salon bleu.

— Signalez au chauffeur que j'entends un léger bruit de roulement à grande vitesse, dit Alex en lui tendant les clefs de la Jaguar.

Il faisait frais dans le vaste hall, mais le petit salon bleu était toujours aussi chaleureux.

— Installe-toi, j'ai quelques ordres à donner, m'annonça Alex.

Sur la table roulante, Dick avait prévu du champagne, une boîte de caviar d'Iran dans un nid de glace pilée, de petits blinis qui tiédissaient sur les bougies d'un chauffe-plat. Le feu était allumé et, par l'une des hautes portes-fenêtres entrebâillée, le chant des oiseaux me parvenait distinctement.

Je restai debout, dos à la cheminée, à observer la pièce comme si je la voyais pour la première fois. J'avais passé de bons et d'atroces moments à Donagh. J'y étais devenu l'amant d'Alexander alors que ma femme dormait au même étage. Pouvais-je décemment accuser Joyce de mensonge ? N'avais-je pas été le premier à trahir ? Pis encore, le soir de Noël, quand Alex avait flirté avec elle, ne m'étais-je pas senti abandonné, non par elle, mais par lui ? L'idée m'effleura que, depuis le début, Alexander nous avait tous manœuvrés à son idée, en stratège avisé, et pliés à son plaisir. Cependant, il n'avait plus aucune raison de poursuivre le jeu, il aurait dû s'en désintéresser après sa victoire facile sur moi. Était-il concevable qu'il soit sincère ? Et pour un homme tel que lui, combien de temps durait l'amour ? Trois mois ? Six ? Je ne possédais rien d'exceptionnel pour le retenir, je ne pouvais même pas l'éblouir comme le faisait Dimitri sur une scène. Devant lui, j'étais désarmé et sans espoir. En épousant Joyce, j'avais cru que ce serait pour la vie, et la vie m'avait donné tort. Si je me lançais tête baissée dans une aventure avec Alex, dans quel état en sortirais-je ? Tout à fait détruit ?

— Pourquoi ne t'es-tu pas servi un verre ? Je suis navré de t'avoir fait attendre...

Souriant, il traversa le salon, s'arrêta près de la table roulante pour déboucher le champagne.

— Je dois plaider à Southampton demain, je ferai l'aller-retour dans la journée, m'annonça-t-il. D'ici là, je crois que nous devrions profiter du rayon de soleil pour faire une grande promenade cette après-midi. Marcher a toujours été le meilleur moyen de réfléchir.

Il mit une cuillère de caviar sur un blini, ajouta une goutte de citron et vint me le porter avec une coupe de champagne.

— Tu ne seras pas là demain ? répétai-je, soudain inquiet à l'idée d'être seul.

— Mark, tu es ici chez toi... Tu pourras demander la lune à Dick, il te la servira sur un plateau.

Dick ferait ce que désirait Alex, c'était certain, mais je ne tenais pas du tout à être considéré comme le petit ami du maître des lieux, le dernier favori en date, à qui on passait le moindre de ses caprices. Dick m'avait connu marié, à présent c'était Alexander qui l'était : une vraie situation de comédie !

Je finis par aller m'asseoir dans l'un des profonds canapés. J'allumai une cigarette et Alex déposa un cendrier sur l'accoudoir, juste à côté de moi. Délibérément, il ne me posait aucune question, évitait même de m'approcher de trop près. J'aurais dû lui en être reconnaissant, mais j'éprouvais à son égard un mélange de rancune et de frustration très embarrassant.

— Martha n'a pas résisté au plaisir de nous préparer un déjeuner français, déclara-t-il en riant.

— Quand l'as-tu prévenue de notre arrivée ?

— Hier soir.

— Alex..., soupirai-je.

— Si tu avais refusé de m'accompagner, je l'aurais rappelée ce matin.

Mais j'avais fait exactement ce qu'il voulait, et il n'en avait jamais douté.

— Pourquoi me croyais-tu en danger, la nuit dernière ?

— Parce que la colère est mauvaise conseillère, Mark. Pour Joyce comme pour toi.

— Et pourquoi m'as-tu amené à Donagh ? Donne-moi la vraie raison.

— Pour veiller moi-même sur toi, pour que tu te sentes moins mal qu'à Londres puisque tu apprécies cette maison malgré tout ce qu'elle peut avoir d'excessif...

— La vraie, Alex !

— Très bien. Parce que, ici, tu me résisteras moins.

— C'est d'une ahurissante prétention...

— Crois-tu ?

Je le regardai, éberlué par son assurance, néanmoins je ne le contredis pas. Dick vint nous annoncer que le déjeuner était servi et nous gagnâmes la salle à manger. Martha nous avait concocté une tourte aux champignons et légumes confits, des filets de sole à la crème et un carré d'agneau en croûte de sel. Je m'étonnai de ses progrès, dus à un voyage d'étude à Paris que lui avait offert Alexander.

— La prochaine fois, je l'envoie en Dordogne, déclara-t-il très sérieusement. Et elle te fera les petits plats de ton enfance.

Considérait-il comme acquis que j'allais vivre avec lui ou faisait-il de la provocation pour m'obliger à réagir ? Je m'abstins là encore de tout commentaire et, après le café pris dans le fumoir, nous décidâmes de sortir. Dehors, le vent était un peu vif mais le soleil persistait. Dick nous rejoignit en hâte sur le perron avec deux des vestes de chasse d'Alex, tandis que le chauffeur arrêtait le 4 × 4 au bas des marches et descendait pour nous ouvrir les portières.

Alexander nous conduisit à travers la lande jusqu'à des falaises en à-pic où nous laissâmes la voiture. Les mains dans les poches, face au vent, je restai un moment à contempler les vagues qui se fracassaient sur les rochers. Hormis les oiseaux marins qui survolaient les flots, il n'y avait pas âme qui vive. Sur la ligne d'horizon, au-delà du canal de Bristol, on discernait presque la côte du pays de Galles. Le paysage était grandiose, écrasant.

— Viens, Mark...

Cette expression était pour moi irrésistible et je suivis Alex. Il marchait vite, en silence, le regard au loin, m'abandonnant à mes pensées. Je savais qu'il me fallait prendre une décision, dans les heures ou les jours à venir, et que toute mon existence en serait bouleversée. Au fond, la question se résumait à un simple choix : Joyce ou Alexander. Ma femme ou mon amant. La norme ou la marginalité, l'habitude ou l'inconnu, la morale ou... Ou quoi ? Pouvais-je vraiment taxer de vice ce qui me poussait vers cet homme ? Était-ce une attirance si répréhensible qu'elle en devenait trop difficile à assumer ? Peut-être. Au Ritz, tandis qu'Alex payait la note, j'avais surpris un coup d'œil du concierge, dans ma direction, qui m'avait mis très mal à l'aise. Et dans l'hôtel de Cadogan Gardens, quand le réceptionniste m'avait dit : « Lord Donagh vous souhaite une excellente nuit », je m'étais senti embarrassé. Comment allais-je, dorénavant, interpréter et supporter le regard des autres ? Parviendrais-je à troquer sans honte mon image de mari modèle et de jeune avocat plein d'avenir pour celle d'amant du patron ? Resterais-je en paix avec moi-même dans ce rôle ingrat ?

Inconsciemment, j'avais un peu ralenti l'allure et j'observais Alex. Qui était-il, au juste ? Devais-je lui faire confiance ? À quoi ressemblerait l'existence à côté de lui, si je tentais l'aventure ? Ses rapports avec Dimitri reflétaient-ils sa manière d'aimer ? Je ne savais rien de la relation homosexuelle, j'étais complètement novice à ce sujet. La fidélité et la tendresse faisaient-elles partie du programme ? Alex avouait avec cynisme n'avoir jamais éprouvé de réel attachement, je me souvenais encore de son expression : « Des choses très bien », c'était ainsi qu'il avait qualifié ses amours, Dimitri compris, et je ne pouvais pas envisager de n'être qu'une *chose* de plus pour lui. Si je ne devais que passer dans sa vie, était-il raisonnable de détruire la mienne ? Car rien ne m'avait préparé à ce que je subissais, j'ignorais encore les conséquences du bouleversement que j'avais provoqué. Allais-je tolérer d'être un autre homme ? Quelle part de moi-même me faudrait-il renier avant d'accepter ce que j'étais devenu ?

Alex était à une cinquantaine de mètres devant moi lorsqu'il s'immobilisa, se retourna.

— Au lieu de te poser des questions, donne-toi donc des réponses !

Son sourire n'avait rien d'amical, il devinait mon indécision et il semblait décidé à se battre. Il attendit que j'arrive à sa hauteur pour me lancer :

— Si c'est de toi que tu doutes, tu es vraiment lâche. Si c'est de moi, tu as tort.

Il se remit à avancer, mais cette fois régla son pas sur le mien. Nous parcourûmes ainsi deux ou trois kilomètres, côte à côte et sans dire un mot, puis il fit brusquement demi-tour.

Quand nous regagnâmes le 4 × 4, la marche m'avait un peu apaisé.

— J'aimerais m'arrêter au cimetière si ça ne t'ennuie pas, me dit-il en démarrant.

Pour rejoindre Lynton, il prit une route escarpée qui longeait les falaises de grès et de schiste, spectaculairement découpées sur le ciel. Un quart d'heure plus tard, il stoppa devant la haute grille noire qu'il contempla un moment, à travers le pare-brise, avant de se décider à couper le contact.

— Tu viens avec moi ou tu m'attends ?

— Je t'accompagne.

Je ne me sentais pas indiscret, au contraire, j'étais certain qu'il avait besoin de moi à cet instant précis.

— Je n'ai pas mis les pieds ici depuis l'enterrement, murmura-t-il tandis que nous remontions l'allée de gravier jusqu'à l'imposant monument funéraire des comtes de Donagh.

À une dizaine de mètres, je m'arrêtai et le laissai continuer seul. En dehors de nous, le cimetière était désert, balayé par le vent qui forcissait. Je vis Alex esquisser un signe de croix puis s'agenouiller, baisser la tête. Venait-il annoncer à George Leander qu'il avait tenu parole en assurant la descendance de la famille ? Je restai un long moment à contempler sa silhouette immobile. Je lui avais rarement connu une attitude déférente et je me demandai quel genre de petit garçon il avait été face à ce grand-père trop sévère. Pourtant, il l'avait aimé, et probablement bien davantage que ce qu'il avouait. Et moi, m'aimait-il vraiment ?

Quand il revint, son visage avait une expression énigmatique et lointaine, comme s'il refusait de se laisser envahir par ses émotions. Une fois dans la voiture, il fouilla la poche intérieure de sa veste dont il sortit son étui à cigarettes.

— Alexander...

J'avais chuchoté son prénom en lui posant la main sur le bras. Il lâcha l'étui et m'attira brutalement à lui. Je sentis ses doigts broyer ma nuque, juste avant qu'il ne me lâche, réalisant sans doute que nous étions toujours devant la grille du cimetière.

De retour à Donagh, nous retrouvâmes la quiétude du petit salon bleu où Dick avait entretenu le feu. Après quelques coupes de champagne, Alex décida qu'il montait se changer, incapable de dîner sans avoir passé une chemise propre. Je le suivis au premier, jusqu'à la suite jaune qu'il m'avait, bien entendu, attribuée. Je retrouvai les lieux avec un certain plaisir, appréciant les détails que Dick avait soignés : grands bouquets de fleurs, rafraîchissements, peignoir moelleux dans la salle de bains. Je pris une douche puis gagnai le dressing d'Alex pour y emprunter quelques vêtements. Alors que j'hésitais devant ses piles de cachemires, il surgit derrière moi, à moitié habillé.

— Depuis que ma mère habite ici, on gèle un peu moins, non ?

Il tendit la main vers un cintre, décrocha une chemise bleu pâle qu'il enfila sans la boutonner.

— Tu as froid, Mark ? Tu préfères un pull ? Celui-ci devrait très bien t'aller...

Il était juste à côté de moi, et il me frôla pour prendre lui-même le col roulé de vigogne qu'il me désignait. Puis, d'un geste lent, terriblement sensuel, il défit la ceinture de mon peignoir, écarta le tissu. Le contact de ses mains sur moi m'enflamma, tandis que le peignoir glissait à terre, et je fus enfin dans ses bras. Soudain, les choses furent simples, évidentes, je voulais qu'il me caresse, qu'il m'aime, et le reste n'avait plus la moindre importance.

— Je crois qu'on devrait répondre, dit-il dans un souffle, la bouche contre mon oreille.

La sonnerie du téléphone intérieur, que je ne connaissais pas, était en train de résonner quelque part de manière insistante. Je sentais le cœur d'Alex battre contre le mien, et me séparer de lui fut difficile. L'air soucieux, il se dirigea le premier vers ma chambre, sans doute inquiet à l'idée de la raison qui poussait Dick à nous déranger. Il décrocha nerveusement, tout en me regardant. Son visage resta impénétrable quelques secondes puis il déclara, très calme :

— Vous avez bien fait, Dick. Passez-le-moi.

D'abord, stupidement, je crus qu'il s'agissait de Dimitri. Agité de sentiments violents, contradictoires, j'entendis à peine ce qu'Alex disait, d'un ton courtois mais glacial.

— Bonsoir, monsieur. Oui, c'est moi, que puis-je pour vous ? En effet, il est ici... Non, pas du tout... Si vous voulez bien patienter, je vais le chercher.

Quand il était aussi hautain, il tétanisait ses interlocuteurs. Il mit la main sur le combiné, m'adressa un sourire encourageant.

— Ton père, annonça-t-il.

Interloqué, je le regardai sans comprendre. Mon père était en France, avec ma mère. Personne ne savait que je me trouvais à Donagh, dont le téléphone était sur liste rouge. La seule personne qui avait pu donner ce numéro à mon père était Joyce.

— Apparemment très en colère, ajouta Alex.

Je rajustai le peignoir, hors d'état de réfléchir.

— Tu n'as plus quinze ans, Mark, murmura Alex en me passant le téléphone.

La voix de mon père vibrait de fureur, il entra directement dans le vif du sujet en m'apprenant qu'il venait d'avoir une « conversation édifiante » avec Joyce. Soit elle était folle, soit je l'étais devenu. Dans le bref silence qu'il me laissa pour lui répondre, je parvins à déclarer qu'elle avait raison.

— Tu es en train de me dire que tu as vraiment trompé ta femme avec... un homme ? Et tu vas la quitter pour... pour ce...

Il s'étranglait de rage sans parvenir à formuler sa pensée à haute voix. Mais il était anglais et, d'une certaine façon, le nom de lord Donagh devait l'impressionner malgré tout. En outre, s'il avait toujours été assez proche de moi, il restait très pudique, et notre complicité n'avait rien d'assez familier pour qu'il ose appeler les choses par leur nom. Presque aussitôt, il capitula en me passant ma mère qui se mit à hurler.

— Mark, ce n'est pas possible ! Qu'est-ce que j'ai fait au bon Dieu ? Je n'ai pas été une mère abusive, tu n'as aucune raison de devenir une de ces petites tapettes ridicules ! Pas toi !

S'ensuivit un chapelet d'invectives dont je ne supposais même pas qu'elle pût les connaître. Il y avait un tel dégoût et un tel mépris dans sa voix que j'en fus horrifié. Les joues brûlantes, je risquai un coup d'œil vers Alexander qui se tenait immobile, adossé à un mur, m'observant avec curiosité.

— Je te préviens, cria-t-elle, si tu fais une chose pareille, tu n'es plus mon fils, je ne t'adresserai plus la parole de ma vie entière !

Elle semblait au bord de la crise de nerfs et, sans conviction, je tentai de la calmer.

— Ne te mets pas dans un état pareil, maman, lui dis-je en français. Il n'y a rien de répréhensible à...

Elle termina pour moi, avec le mot le plus cru, qui me fit l'effet d'une douche glacée. Mon père dut lui arracher le téléphone des mains car sa voix grave remplaça celle, hystérique, de ma mère.

— Réfléchis à ce que tu fais, Mark. Il faut avoir un peu de dignité.

— Ce que je fais n'est pas indigne, réussis-je à articuler.

— Ta femme serait prête à te pardonner, ne rate pas le coche, tu n'auras pas d'autre chance. Joyce est une épouse formidable... et je pense que tu es sous influence.

— Tu me parles comme si j'étais entré dans une secte !

— Franchement, ça ne vaut pas mieux. Je suis effondré et ta mère se rend malade, nous ne méritions pas que tu nous infliges une telle déception. Inutile de nous rappeler avant d'avoir mis de l'ordre dans ta vie !

Il coupa la communication et j'eus besoin d'un moment pour réaliser ce qui venait d'arriver. Alexander attendait, toujours silencieux, impénétrable. Étais-je réellement brouillé avec mes parents ? À quand un appel injurieux de l'un de mes frères ou de ma sœur ? Joyce avait-elle mis toute ma famille au courant ?

Avec des gestes mécaniques, je m'habillai, enfilant le pull d'Alex sans y penser. Dans la poche de ma veste, je récupérai mon portable, le remis en service en regrettant de l'avoir éteint. J'avais dix messages que j'effaçai aussitôt. Inutile d'écouter une nouvelle fois le torrent d'injures qui devait occuper la boîte vocale.

— Traumatisé, Mark ?

Il fallait que je lui dise quelque chose, mais quoi ? Je n'aurais jamais cru mes parents si étroits d'esprit, si conventionnels, ni que je serais aussi touché par ce qu'ils venaient de m'asséner l'un comme l'autre.

— Un moment difficile, avouai-je d'une voix faible.

— Tu en connaîtras d'autres, j'en ai peur !

Il prit le temps de fermer sa chemise, de mettre ses boutons de manchettes, puis il me regarda bien en face.

— Alors ?

Comme je ne trouvais rien à répondre, il traversa la chambre.

— Le dîner sera servi dans une demi-heure, dit-il avant de sortir.

Sa mauvaise humeur n'avait rien d'étonnant et la soirée s'annonçait mal. Je restai à tourner en rond, ressassant les horreurs proférées par ma mère. Elle m'avait traîné plus bas que terre, et je risquais fort de ne jamais la revoir. Aurais-je dû prétendre que son jugement ne m'atteignait pas ? C'était tellement faux ! J'allais entendre ses mots dans ma tête jusqu'à la fin de mes jours. Et je me sentais désespérément seul. Huit jours plus tôt, j'avais encore une femme, l'espoir d'être père, toute une famille adorable qui m'appréciait et sur laquelle j'aurais juré pouvoir compter quoi qu'il arrive. À présent, j'étais un paria, et je me retrouvais à la merci d'Alexander.

Lorsque je le rejoignis dans la salle à manger, j'eus l'impression pénible d'avoir affaire à un parfait étranger. Froid comme il savait l'être, il se limita à une conversation presque mondaine qui n'avait rien à voir avec nos préoccupations. Bien sûr, il attendait que je fasse le premier pas, au moins que je lui adresse un vrai sourire, n'importe quoi de tant soit peu rassurant pour lui, mais je n'y parvenais pas. Il était entièrement responsable de tout ce qui m'arrivait, depuis des mois, et je lui en voulais. Je lui en voulais surtout de me sentir amoureux de lui comme un collégien.

*

Joyce picore parmi les bouchées vapeur que je suis allé acheter chez le chinois d'en bas. Pourquoi l'ai-je laissée venir ici ? Elle se réjouit sans honte en me racontant la colère démente des parents de Mark. Bon, je ne vais pas pleurer sur Mark, mais quoi de plus terrible que se fâcher avec ses parents ? Se rend-elle compte que leur brouille peut durer une vie entière ?

Je sais, je sais, moi aussi je rêvais de me venger, j'aurais pu faire n'importe quoi contre Alex sous le coup de la rage, pourtant, au bout du compte, je l'ai aidé. Je lui ai accordé le bénéfice du doute car, si pénible que ce soit pour moi, je crois qu'il aime vraiment et ce pour la première fois.

Joyce ignore toujours comment son mari a appris la vérité, mais elle s'était tellement enferrée dans ses mensonges qu'elle suppose qu'il a compris tout seul. Tant mieux pour moi ! Elle se demande si elle ne va pas publier un ou deux articles assassins dans son infâme tabloïd, et je suis obligé de lui rappeler qu'Alexander n'hésitera pas à traîner le journal en justice. C'est tout de même un avocat redoutable, mieux vaut ne pas le provoquer, et il a tellement de relations que Joyce risque de se retrouver très vite au chômage. Parce qu'elle n'est pas idiote, elle en convient.

Elle voudrait savoir où j'en suis avec lui, mais je n'ai pas envie de répondre. Elle pourrait se servir d'une confidence comme d'une arme, or je conserve un trop bon souvenir de la nuit où Alex a débarqué chez moi, je ne prendrai pas le risque de mettre en péril notre petit arrangement. Personne n'a besoin d'apprendre ce que nous avons décidé, lui et moi. Alexander n'a qu'une parole, il s'y tiendra, et j'aurai au moins ça de lui. Ah, si l'on m'avait dit qu'un jour je me contenterais de miettes et les mangerais voracement ! Mais comment oublier qu'Alex, même amoureux fou d'un autre, même très malheureux, n'a pas hésité à voler à mon secours ?

Pauvre Joyce ! Qu'a-t-elle donc cru, durant toutes ces soirées où elle marivaudait sans scrupules avec Alex devant son mari ? Comment n'a-t-elle pas vu le danger, que j'avais reniflé dès le premier jour ? Immuablement, il la saluait d'abord, elle, avec un compliment habile qui la faisait glousser de plaisir, puis il se tournait vers Mark et se contentait de prononcer son prénom, dans lequel il a toujours mis une intonation fabuleusement tendre. À croire qu'elle était sourde !

Pour le coup du bébé, elle n'a pas eu de chance, ça aurait pu marcher si elle était tombée enceinte au bon moment, et Mark se serait plié à son devoir. Peut-être même, si elle lui avait avoué la vérité à temps, aurait-il eu pitié d'elle ? Aujourd'hui, il est libre, rien ne le protège plus d'Alexander. Je pense qu'il est sur le chemin du bonheur, pas sur celui de la damnation éternelle, mais il y est seul, il a laissé Joyce en cours de route.

Soudain, elle devient grave et me demande comment j'ai pu pardonner. La réponse est simple, pourtant elle ne va pas l'apprécier.

— J'ai toujours su qu'Alex ne m'aimait pas. Toi, tu étais persuadée, à tort, que ton mari t'aimait et t'aimerait ta vie entière.

Je la vois se décomposer. Décidément, toute vérité n'est pas bonne à dire !

*

Lorsque je descendis prendre mon breakfast, le lendemain matin, Dick m'annonça qu'Alexander était parti assez tôt pour Southampton.

— Lord Donagh pense être de retour en fin d'après-midi, Monsieur. Si vous voulez bien me confier vos ordres, en ce qui concerne le déjeuner, je transmettrai à la cuisinière.

Je demandai comme une faveur un plateau de sandwiches, que Dick promit de me faire servir à treize heures. Resté seul au milieu de l'immense salle à manger prétendument « intime », je chipotai sans plaisir des œufs au bacon. La veille, en montant nous coucher, Alex m'avait quitté sur le seuil de la suite jaune après avoir murmuré, du bout des lèvres :

— Si tu t'ennuies, tu connais le chemin.

Il n'avait rien tenté, à tort ou à raison, superbement distant. La moitié de la nuit, je m'étais relevé, prêt à le rejoindre, et dix fois de suite j'y avais renoncé. Franchir sa porte revenait à accepter mon désir, à le lui avouer, à passer outre l'anathème de ma mère, devenant ainsi ce moins-que-rien que ma famille maudissait.

Toute la matinée, j'errai dans Donagh Castle, surpris d'y découvrir des endroits que je ne connaissais pas encore. Discrets, les domestiques chargés de l'entretien de la maison s'éclipsaient dès que je pénétrais dans une pièce. Au bout de deux heures, j'eus l'impression d'avoir fait fuir une armée entière et j'entrepris le tour du parc, où je dérangeai les jardiniers. Finalement, je me réfugiai dans le petit salon bleu. Comme je n'avais pas croisé Elizabeth depuis mon arrivée, j'en déduisis qu'elle avait suivi lady Annabel à Londres. Que pensait cette dernière de sa belle-fille ? Connaissait-elle le projet de divorce de son fils ? Alexander se montrait peu loquace à ce sujet, il m'avait juste confié que, en principe, Grace attendait un garçon.

J'essayai d'imaginer Al dans ce rôle de père qu'il n'allait pas tarder à devoir tenir. À quel moment prévoyait-il d'obtenir la garde de l'enfant ? Et si jamais Grace s'y attachait davantage que prévu ?

Dick vint m'apporter lui-même mon plateau, un assortiment pléthorique accompagné d'un pauillac, un château-latour de 1985 qui se révéla divin. Une heure plus tard, je m'endormis dans le canapé.

Ce fut un bruit de voix qui me réveilla en sursaut. Le jour avait baissé, l'après-midi touchait à sa fin. Je prêtai l'oreille, persuadé qu'Alexander était de retour, puis, impatient, je gagnai le grand hall. Dick était lancé dans une discussion véhémente avec le chauffeur, sur le bras duquel il pliait délicatement une housse contenant des vêtements. Mon arrivée les plongea tous deux dans l'embarras jusqu'à ce que Dick, pesant le pour et le contre, finisse par avouer, d'un ton contraint :

— Lord Donagh a eu un problème, Monsieur.

— Quel genre de problème ?

— Un... souci avec la voiture.

Il lança un regard assassin au chauffeur qui se tenait très raide. Je les dévisageai l'un après l'autre, brusquement inquiet de leur expression consternée.

— Un accident, Dick ?

J'éprouvai aussitôt une insupportable sensation d'angoisse. Si Alex avait eu un accident, avec la manière dont il conduisait sa Jaguar, c'était forcément grave.

— Répondez-moi !

— M. le Comte a beaucoup insisté, Monsieur, je ne dois surtout pas vous... Écoutez, le chauffeur va aller le chercher, il...

— Où est-il ?

Il recula d'un pas, secoua la tête.

— Je suis désolé, Monsieur.

— Où est-il ? répétai-je, beaucoup plus fort.

Si Alex avait donné des ordres stricts, Dick s'y conformerait quoi qu'il advienne, je n'avais aucune chance de le fléchir. Je me tournai vers le chauffeur qui murmura :

— À Bampton.

Il devait en avoir assez de se faire engueuler par Dick et, à l'évidence, ne tenait pas à affronter Alexander. Le « problème » avec la voiture était-il lié au bruit de roulement du cabriolet, qu'il aurait évidemment dû réviser ?

D'un geste assez rapide pour prendre Dick de vitesse, je saisis la housse dans laquelle se trouvaient sans doute des vêtements de rechange.

— Je m'en occupe.
— C'est impossible, Monsieur ! protesta Dick, horrifié.
— Allez vous faire voir.
— Je vous en prie, lord Donagh semblait vraiment très... très mal en point. Je ne peux absolument pas vous laisser le...
— Je suis obligé de voler une des voitures ou on me donne les clefs ?
Je filai vers la porte et le chauffeur m'emboîta le pas. Devant le perron, une Bentley noire attendait, moteur tournant.
— M. le Comte ne me le pardonnera pas, Monsieur ! gémit Dick, du haut du perron.
Pour éviter de discuter avec lui, je m'adressai directement au chauffeur.
— Où ça, à Bampton ?
— Le garage qui a remorqué la voiture est sur l'A 396, répondit-il prudemment.
Visage décomposé, Dick paraissait aux abois et se tordait les mains. Je m'installai au volant, démarrai aussitôt. Je n'avais qu'une quarantaine de kilomètres à faire et, dès que je fus sur la route, j'essayai de joindre Alex avec mon portable, mais le sien était coupé. Ne sachant rien de précis à propos de l'accident, je pouvais supposer n'importe quoi. « Mal en point » avait seulement lâché Dick, ce qui ne signifiait pas grand-chose, sauf qu'Alex ne voulait pas de moi et l'avait bien précisé. Ma seule certitude était qu'il conduisait toujours à tombeau ouvert et que, depuis le début du printemps, ayant fait retirer le hard-top de son cabriolet, il roulait juste avec la capote. Pour avoir demandé un costume et une chemise, il devait être blessé. Cette idée m'était si insupportable que je fus contraint de me surveiller tout le temps afin de ne pas dépasser les limites de vitesse.
À Bampton, je repérai de loin l'enseigne du garage puis, tout de suite après, je vis la Jaguar. Ce qu'il en restait, du moins.
Quand je descendis de voiture, je me précipitai vers la carcasse de tôles froissées. Le pare-brise avait éclaté, du sang maculait le tableau de bord ainsi que le cuir beige du siège conducteur, des lambeaux de l'airbag pendaient. Sous la violence du choc, la colonne de direction avait un peu reculé. Je réprimai un

haut-le-cœur, au bord de la panique, en découvrant la montre cassée d'Alex, qui gisait près du levier de vitesses. C'était une vision tellement angoissante que je n'osai pas la ramasser.

— Vous êtes le chauffeur de mon client ? lança une voix derrière moi.

Je me retournai d'un bloc, le souffle court.

— Où est-il ? À l'hôpital ?

— Chez le médecin d'en face.

— Qu'est-ce qu'il a ?

— Aucune idée. Il était plutôt sonné… Normal, quand on voit la voiture !

Il promena un regard navré sur le cabriolet, puis me désigna l'autre côté de la rue.

— Au numéro 16, le Dr Morgan. Je l'ai appelé et il est venu le chercher. À nous deux, nous l'avons…

Je n'écoutais plus, j'étais déjà en train de traverser. Je me pendis à la sonnette du médecin jusqu'à ce qu'une dame âgée m'ouvre enfin et, vu mon état d'agitation, me conduise sans protester vers la salle de consultation dont la porte n'était pas fermée.

J'aperçus Alexander, allongé sur une table d'examen, le docteur penché au-dessus de lui. Je ne voyais pas le visage d'Alex, seulement sa chemise blanche déchirée et imbibée de sang.

— Ne bougez pas ! lui enjoignit le médecin.

Lorsque celui-ci se tourna vers moi, je remarquai qu'il tenait un porte-aiguilles. Ne me trouvant sans doute pas une allure de chauffeur, il s'enquit, d'un ton las :

— Vous êtes de sa famille ?

— Oui, répondis-je pour éviter toute discussion.

— J'ai bientôt fini. Encore deux points… Il a eu de la chance, c'est le moins qu'on puisse dire ! Et je maintiens qu'il faut passer des radios, conduisez-le à l'hôpital sans tarder.

Il reprit son travail tandis que je contournais la table, trébuchant dans ma hâte. Alexander ouvrit les yeux, soupira. Il était livide, avec une vilaine plaie s'étendant de la tempe à la pommette, tout près de l'œil.

— Vous faites ça avec quel genre de fil ? demandai-je d'une voix étranglée.

Surpris par l'ineptie de la question, le médecin me toisa avec hargne.

— Le plus fin possible mais, de toute façon, il aura une cicatrice ! C'est un chirurgien qui aurait dû s'occuper de lui, moi je ne suis qu'un médecin de campagne…

Il ricana, termina son dernier nœud, puis posa une compresse sur la pommette.

— Votre poignet, ça va ? dit-il à Alex.

Baissant les yeux, je découvris un bandage sur son bras gauche.

— Très bien, affirma-t-il en se redressant.

Il quitta la table, fit un pas vers moi et plongea son regard dans le mien.

— Mark, ce n'est pas grave, murmura Alex.

— Ben voyons ! ponctua le médecin en haussant les épaules. Venez vous asseoir, vous ne tenez pas debout. Je vous rédige une ordonnance pour des antalgiques et, d'ici à une semaine, vous devrez faire retirer ces fils.

J'eus beaucoup de mal à m'arracher au regard clair d'Alex, dans lequel j'étais en train de me noyer.

— Je vais te chercher de quoi te changer…

Une fois dehors, je parvins enfin à respirer normalement, encore étourdi. Par tous les saints du Ciel, il était sauf ! À peu près indemne, alors que j'aurais pu le retrouver en morceaux, et capable de me dire lui-même exactement ce que je désirais entendre : « Ce n'est pas grave. » Non, rien ne l'était tant qu'il serait en vie et qu'il me regarderait de cette manière ! L'intense gratitude que j'éprouvais me donna soudain envie de danser au milieu de la rue, ou encore d'aller embrasser ce qui subsistait du capot de la Jaguar.

Lorsque je revins, le médecin étudiait avec stupeur le chèque que venait de lui faire Alex.

— Je croyais que vous étiez avocat ? finit-il par dire, incrédule.

— Aussi, oui.

Alexander se détourna pour enfiler la chemise impeccable et le blazer bleu nuit choisis par Dick. Il glissa la cravate dans sa poche, laissant son col ouvert, puis tendit la main au Dr Morgan qui se fendit d'un large sourire.

— Soyez raisonnable, lord Donagh, passez au moins une radio du bras et des cervicales !

— J'y penserai. Merci pour tout.

Nous sortîmes ensemble, sans échanger un mot. Devant la Bentley, Alex hésita avant d'aller s'installer sur le siège passager. Je savais qu'il avait horreur de se faire conduire mais il devait être plus faible qu'il ne le montrait. Quand je démarrai, il tourna la tête vers la carcasse du cabriolet.

— Bonne voiture...

— Tu conduisais vite ?

— Sans doute. Mais il s'agit d'une défaillance mécanique.

— Ton chauffeur avait l'air dans ses petits souliers.

Il ne répondit rien et se laissa aller contre l'appui-tête, apparemment épuisé.

— Et à Southampton, c'était comment ? m'enquis-je pour l'obliger à parler.

— Une affaire intéressante. J'ai réussi à convaincre le président du tribunal.

— Comme d'habitude !

— Si on veut. Avec toi, j'ai moins de chance.

Je ne fis rien pour éviter le silence qui suivit, cependant, en sortant du village de Simonsbath, je lui posai la question qui me tenait à cœur :

— Pourquoi as-tu prévenu Dick et pas moi ?

— Je ne voulais pas que tu sautes sur l'occasion pour retourner à Londres. Nous ne nous sommes pas quittés précisément bons amis, hier soir.

— Tu m'as empêché de dormir une partie de la nuit.

— Vraiment ? Je ne m'en suis pas aperçu.

Sa voix manquait de chaleur, il s'appliquait à maintenir une distance entre nous. Quand il était comme ça, il pouvait devenir carrément haïssable, mais j'avais laissé s'installer le malentendu entre nous et mon indécision devait le mettre à cran.

Je repérai un accotement à peu près stable, sur une centaine de mètres, et je me rangeai. Une fois la voiture arrêtée, je me tournai vers lui. Une mèche de ses cheveux blonds était encore collée par du sang séché. Que serais-je devenu s'il était mort dans cet accident ? Je ne pouvais plus continuer à me mentir, par Dieu savait quelle alchimie, j'étais absolument fou de lui, et il était grand temps de le lui dire.

— Alex… As-tu toujours été sincère avec moi ?

— Totalement. Si tu en doutes encore, c'est que je suis archinul !

Dans l'échancrure de son col ouvert, j'aperçus l'hématome provoqué par sa ceinture de sécurité et je bénis le Ciel qu'il ait pensé à la boucler.

— Je dois te faire un aveu, Al. J'ai très peur de toi, de vivre avec toi… Mais là, je viens d'avoir une peur bleue. Pour toi comme pour moi.

Je pris une profonde inspiration, avalai ma salive. Il ne m'aidait pas, attendant la suite d'un air résigné. Le cœur battant, je réussis enfin à achever :

— Je t'aime.

L'aveu se révélait plus facile que je ne l'avais redouté, et aussi beaucoup plus agréable. Pourtant, Alex n'eut pas la réaction que j'espérais.

— Ne le dis pas sous le coup de l'émotion, murmura-t-il sans bouger. Ni pour me faire plaisir ou parce que tu te sens seul. Tu crois que tu as miné les ponts derrière toi et que tu ne peux plus reculer ? C'est faux. Si tu retournes vers Joyce, elle te tombera dans les bras, et tes parents aussi. Tu n'es pas obligé de vivre fâché avec le reste du monde et en désaccord avec toi-même. Le désir n'a pas grand-chose à voir avec l'amour, tu le sais très bien.

Instantanément, je retrouvai l'image de la forêt enneigée, du magnifique dix-cors s'éloignant à travers l'enchevêtrement d'arbres nus. Alexander s'était approché de moi, avait enlevé ses gants pour me toucher. Ensuite, il m'avait dit : « Je ne fais pas que te désirer. Je t'aime. »

Je défis ma ceinture de sécurité, me penchai vers lui et pris son visage entre mes mains. De près, je vis son regard vaciller quand je lui répétai sa propre phrase sans aucune hésitation.

*

En trois ans, j'aurais dû réussir à oublier Alexander, mais il n'en est rien. Peut-être à cause de ce rendez-vous ponctuel qui nous réunit et au cours duquel, chaque fois, je retombe sous le charme.

Mark a accepté. Même s'il grince des dents lorsque j'arrive à Donagh, même s'il blêmit quand je leur offre à tous deux des invitations pour une première, il a accepté. Mais qu'il se rassure, je cesserai bientôt de monter sur scène, on vient de me proposer la direction de la danse, à l'Opéra de Paris. Ce qui ne m'empêchera pas de revenir dans le Devon quatre fois par an. Nous avions fait un pacte, Alex et moi, nous le respectons. Grâce à moi, il a eu Mark, donc je reste son ami… et plus, parce que affinités, mais ça, c'est entre nous.

Le fils d'Alexander s'appelle George-Mark, je trouve ce choix très savoureux ! Il vit à Donagh, entouré de sa grand-mère et d'une foule de nurses et autres précepteurs. Son père arrive de Londres tous les vendredis matin, flanqué de Mark, pour passer le week-end avec lui. Grace préfère venir dans la semaine, enfin, quand elle y pense ! Je me demande ce que la famille Leander va raconter à ce petit garçon lorsqu'il grandira et se mettra à poser des questions. Mais aura-t-il le droit de le faire ? Alex l'élève comme il l'a été lui-même, et l'a déjà inscrit dans les grandes écoles où il compte l'envoyer.

Bien entendu, Mark est retourné travailler dans le cabinet d'Alexander, où il possède désormais des parts. Sans doute pense-t-il qu'ainsi les apparences sont sauves, mais le Tout-Londres des juristes sait pertinemment que, dans la célèbre firme Leander & Co., le fondateur couche avec son plus jeune associé ! Je crois que Mark a un peu de mal à supporter ce statut, néanmoins c'est le prix à payer et il y parvient sans trop baisser la tête. Tout comme il a assumé un divorce à ses torts exclusifs, au cours duquel Joyce ne l'a pas épargné devant le juge des affaires familiales. Elle l'a traîné dans la boue, ainsi qu'Alexander, mais celui-ci avait chargé l'un de ses meilleurs collaborateurs, un avocat du nom d'Edward

Pratt, de céder à toutes les exigences de Joyce sans discuter, aussi la procédure a-t-elle été expédiée et le scandale évité.

Alex semble totalement libéré depuis qu'il a découvert l'amour avec un grand A. Quelque chose me dit que si, pour une raison ou une autre, il fait envoyer des fleurs à Mark, il n'oublie pas d'y joindre sa carte de visite, avec des mots tendres en prime ! Bien sûr, à Donagh, il est obligé de conserver une certaine réserve vis-à-vis de sa mère, de son fils, ou même du bataillon de domestiques, et là il ne fait pas chambre commune avec Mark. Tandis qu'à Londres, le vieux Stan a dû se résigner à les trouver chaque matin dans le même lit.

Ils ont l'air heureux ensemble, je ne peux pas dire le contraire. Si stupéfiant que ce soit, Mark a transformé le loup en agneau. Il juge Alex « gentil » sans soupçonner sa violence, l'estime franc et sincère sans jamais réaliser à qui il a affaire. Mais mesure-t-il sa chance d'être aimé à ce point ? N'a-t-il jamais deviné de quoi Alexander était capable ? Entre autres, et pour emporter la décision, d'envoyer sa Jaguar dans un mur... Un pari courageux, Alex a pris un risque énorme en jouant le tout pour le tout. Il prétend qu'il en avait le droit, que même s'il s'était tué ce jour-là, il y avait déjà un héritier en route, il ne trahissait pas le serment fait à son grand-père. Et Mark lui en faisait tellement baver, à hésiter comme ça, qu'il était prêt à tenter n'importe quoi pour en finir.

Comment aurais-je pu imaginer qu'un jour Alex deviendrait plus fou que moi ?

*

En bas du perron, mon père me tendit d'abord la main puis, se ravisant, il me donna une brève accolade.

— Je t'écrirai, murmura-t-il.

Alexander se tenait un peu à l'écart, deux marches plus haut, mais jamais, à aucun moment, il ne nous avait laissés seuls. Mon père lui adressa un dernier signe de tête avant de monter dans sa voiture, dont Dick tenait la portière.

— Comment y es-tu arrivé ? demandai-je entre mes dents.

— Question de diplomatie.

Convaincre mon père d'accepter une invitation à déjeuner, le persuader de venir jusqu'à Donagh, puis réussir à le dérider représentait un tour de force. Lorsque Alex m'avait annoncé sa visite le matin même, je m'étais senti pétrifié de stupeur et d'appréhension.

— Je trouve que ça s'est plutôt bien passé...

Je me tournai vers lui, le dévisageai. Il s'était livré à un véritable numéro de séduction avec mon père, faisant mettre les petits plats dans les grands – et, à Donagh, un déjeuner pouvait être littéralement époustouflant –, se montrant sous son jour le plus affable et le plus sérieux. D'abord impressionné, mon père avait fini par être conquis malgré lui, je l'avais lu dans ses yeux.

— J'espère qu'il sera un bon avocat pour toi auprès de ta mère, ajouta Alex avec un sourire tendre.

J'étais tellement ému que je faillis aller l'embrasser, mais nous avions l'habitude d'être discrets et je m'abstins. Une possible réconciliation avec mes parents était bien la seule chose qui manquait à mon bonheur depuis trois ans, qu'il ait voulu me l'offrir me bouleversait.

— Tu viens te promener ?

J'avais envie d'être seul avec lui, hors de vue du manoir, dans la forêt ou sur la lande. Il me scruta une seconde, devina mes intentions, éclata de rire.

— Très bien, allons-y !

Côte à côte, nous traversâmes le parc en direction des bois. L'automne étalait ses couleurs somptueuses, un tapis de feuilles craquait sous nos pas et, au-dessus de nous, des nuages filaient à toute allure, poussés par un vent d'ouest qui nous apportait le parfum de l'océan. Lorsque nous fûmes suffisamment loin, Alexander prit ma main dans la sienne et nous poursuivîmes notre chemin en silence. Avec lui, j'aurais pu marcher jusqu'au bout du monde pour le simple plaisir de le sentir à mon côté.

— Feras-tu de ton fils un chasseur ? lui demandai-je longtemps après, alors qu'un lièvre détalait devant nous à grands bonds désordonnés.

— Sauf si ça t'ennuie, oui.

Sa réponse n'était pas une simple formule de courtoisie, la plupart du temps il tenait compte de mon avis. « Tu m'empêcheras de trop ou de mal aimer George-Mark », m'avait-il déclaré, passablement ému, le jour où le petit garçon s'était mis debout pour faire ses premiers pas. Cet enfant le comblait et l'obligeait à reconnaître que George Leander avait eu raison de lui arracher son improbable serment.

Je m'arrêtai, levai la tête vers lui. Il me suffisait de regarder la cicatrice sur sa pommette pour me souvenir que j'avais failli le perdre, et cette idée m'était intolérable.

— Merci de ce déjeuner, Al.

— C'est la moindre des choses. Ma mère a beau t'adorer, elle ne peut pas remplacer la tienne.

Il devinait toujours tout de moi et je ne m'en étonnais plus. Si ma mère acceptait un jour de le rencontrer, j'étais presque certain qu'il parviendrait à vaincre ses réticences.

— J'espère qu'elle cédera...

— Sûrement, Mark. C'est une Française, après tout !

— À savoir ?

— Versatile.

— Je te rappelle que je suis à moitié français.

— Toi, je ne te laisserai jamais changer d'avis.

C'était évident, il pouvait se montrer plus obstiné que n'importe qui mais, de toute façon, j'estimais mon sort à l'abri entre ses mains, l'avenir ne m'inquiétait plus.

Depuis ce jour lointain où il m'avait emmené au Ritz au lieu de rejoindre Dimitri, persuadé qu'il me fallait une preuve, il m'en avait tant donné que je ne doutais jamais de lui. Dès le début, il m'avait fait comprendre qu'il m'offrirait tout ce que je désirerais. Avoir changé le cours de mon destin le rendait définitivement responsable de moi, du moins le prétendait-il et j'avais envie de le croire. À Donagh, alors qu'il se levait toujours avant l'aube pour regagner sa propre chambre, il lui arrivait de revenir plusieurs fois de suite pour m'embrasser, même dans mon sommeil. À Londres, dans sa maison de Mayfair où il avait exigé que j'aille habiter, il s'était mis en quatre pour que je me sente chez moi, comme s'il redoutait de me voir disparaître. Et en ce qui concernait notre travail au cabinet, s'il se montrait toujours aussi impitoyable, il ne se permettait aucun mouvement d'humeur à mon égard, de telle sorte que je finissais par le trouver facile à vivre – mais j'étais bien le seul de cet avis.

Je savais que Joyce s'était remariée avec un journaliste, et qu'elle venait d'avoir des jumeaux, pourtant je ne pensais pas souvent à elle, sinon pour l'espérer heureuse, car elle appartenait à un passé dans lequel je ne me reconnaissais plus. J'avais choisi mon existence, où ne subsistait aucune place pour la honte ou la peur, je ne regrettais rien.

Le lièvre avait disparu depuis longtemps mais nous étions toujours arrêtés sur le sentier forestier, avec l'impression d'être seuls au monde et hors du temps. Alexander mit son bras autour de mes épaules, m'attira à lui. Quand il me serra davantage, en murmurant mon prénom, je sentis mon cœur s'emballer, comme chaque fois.

DU MÊME AUTEUR CHEZ BELFOND (*suite*)

Berill ou la Passion en héritage, 2006 ; Pocket, 2007
Une passion fauve, 2005 ; Pocket, 2007
Les Vendanges de Juillet, 1999, rééd. 2005 ; Pocket, 2009 (volume incluant *Les Vendanges de Juillet*, 1994, et *Juillet en hiver*, 1995)
Rendez-vous à Kerloc'h, 2004 ; Pocket, 2006
Le Choix d'une femme libre, 2004 ; Pocket, 2005
Les Années passion, 2003 ; Pocket, 2005
L'Héritage de Clara, 2001 ; Pocket, 2003
Le Secret de Clara, Belfond, 2001 ; Pocket, 2003
Crinière au vent, éditions France Loisirs, 2000
Terre Indigo, TF1 éditions, 1996
Corrida. La fin des légendes, en collaboration avec Pierre Mialane, Denoël, 1992
Sang et or, La Table ronde, 1991
De vagues herbes jaunes, Julliard, 1974
Les Soleils mouillés, Julliard, 1972

Retrouvez-nous sur www.belfond.fr
ou www.facebook.com/belfond

Éditions Belfond,
92, avenue de France, 75013 Paris.
Pour le Canada,
Interforum Canada, Inc.,
1055, bd René-Lévesque-Est,
Bureau 1100,
Montréal, Québec, H2L 4S5

ISBN : 978-2-7144-9388-0
Dépôt légal : octobre 2020

Imprimé en France par CPI
en septembre 2020

Composition : Facompo, Rouen

MIXTE
Papier issu de sources responsables
FSC® C003309
FSC
www.fsc.org

L'éditeur de cet ouvrage s'engage dans une démarche de certification FSC® qui contribue à la préservation des forêts pour les générations futures.

Pour en savoir plus :
www.editis.com/engagement-rse/

N° d'impression : 3040088